www.tredition.de

AF217596

Toni Suhr

Appworld

www.tredition.de

© 2017 Toni Suhr
Umschlag, Illustration: Paula Wanda Wildemann

Verlag und Druck: tredition GmbH, Grindelallee 188, 20144
Hamburg

ISBN
Paperback: 978-3-7439-3228-9
Hardcover: 978-3-7439-3229-6
e-Book: 978-3-7439-3230-2

Für Frau L. und Herrn L.,

ihr seid die Besten!

APPWORLD

Von Toni Suhr

0. AUF GEHT'S!

Kennen sie Adolf Hitler? Josef Stalin? Napoleon Bonaparte? George W. Bush? Ja? dann wird es ihnen sicherlich nicht gefallen zu hören, dass diese vier Herren die Spitze des Eisberges darstellen, der auf mein Konto geht. Sie haben richtig gelesen, ich bin für all den Wahnsinn und die Grausamkeit verantwortlich. Natürlich können sie mir jetzt gerne den Kopf einschlagen, weil ich ihre Eltern, Freunde, Geschwister oder ihren Hund auf dem Gewissen habe. Aber lassen sie mich zunächst erklären, warum sie mit mir doch ein wenig Gnade walten lassen könnten. Ja, ich bin für die Leben vieler Menschen der vergangenen Jahrhunderte verantwortlich, ob alt ob jung, jeder war mir Untertan. Allein, ich wusste es schlicht nicht! Egal ob sie an Gott glauben oder nicht, es gibt diese Typen tatsächlich. Pardon es können genauso gut Frauen sein, nur sind die meistens noch schlimmer als die Kerle der Schöpfung! Was red ich denn von Schöpfung!? Wirklich gelungen ist den Ex-Spielern eigentlich so gut wie nichts! Und ich Trottel hatte auch noch das Vergnügen die Sache noch komplizierter zu machen, als sie ohnehin schon war. Aber wie gesagt, ich wusste nicht, was ich tat, als an meinem sechzehnten Geburtstag auf meinem Handy folgende Spieleanfrage einging:

Lets Play the World!

Von da an lief alles schief.

I. DAS HANDY

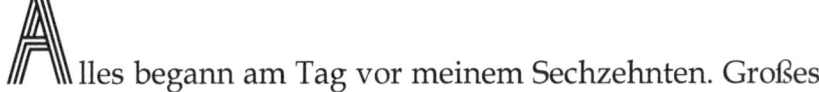lles begann am Tag vor meinem Sechzehnten. Großes

Drama! Meine Eltern hatten wochenlang in den Schützengräben gelegen, ich war der Angreifer. Mein strategisches Ziel war klar: Handy, bei der taktischen Seite meines Unternehmens stieß ich jedoch auf enorme feindliche Kräfte. Meine Eltern samt einem Heer aus Verwandten, Bekannten und jedem den sie in ihre Reihen ziehen konnten.

Letzten Endes zog ich mit nichts als einer wahren Lüge in die Schlacht. Ich behauptete einfach, ohne Handy müssten sie mich noch viel öfter aus der Notaufnahme abholen. Falls sie sich wundern sollten, was eine Notaufnahme, ein Handy und die Eltern eines Fünfzehnjährigen gemeinsam haben könnten, sollte ich ihnen vielleicht erstmal erklären, was in den vierzehn Jahren zuvor geschehen ist.

Geboren wurde meine Wenigkeit in Brandenburg. Ich weiß, was sie denken, und sie haben recht! Meine Eltern waren damals von der außerplanmäßigen Baumaßnahme, die ihrem Land, ihrem Arbeitgeber und ihrem gemütlichen Leben ein Ende setzten ... nun ja, *not amused* würde man wohl sagen. Was blieb ihnen also anderes übrig, als sich nach dreizehn Jahren Ausländerhass, stumpfsinnigen Dorffesten und zeitweiser *Hartz-Vier-Versklavung*, in den „Goldenen Westen" abzusetzen? Was in meinem Geburtsland mit der Knarre beantwortet wurde, war inzwischen zu einer Massenflucht (hihi) biblischen Ausmaßes angewachsen. Was für meine Erzeuger das (nochmal hihi!) „Gelobte Land" bedeutete, war für mich genauso gut als hätten sie mir einen Kururlaub in Bad Guantanamo angedeihen lassen. Ich wollte nicht weg! Meine ganze Welt war hier! Freunde, Schwimmbad, Schule, Susi! Alles, was ich zum Leben brauchte, war doch da! Aber wer fragt schon seinen dreizehnjährigen Sohn um Erlaubnis? Die Faschos waren mir egal, man wusste, wo die abhingen. Auf den Dorffesten hab ich mich das erste Mal mit Susi rumgeknutscht! Was ging mich Berlin an? Das Kaff war mir Schnurtz! Alles, was von da kam, war doch nur Müll. Politik und der ganze andere Scheiß gehörte nicht zu meiner Welt, also fand sich entsprechend wenig Wissen in meinem Kopf darüber. Das, was hier im Sand Brandenburgs zählte, dass waren deine Beine (Faschos) deine Arme (Schwimmbad) und dein Aussehen (Bier auf dem Dorffest). Ich war für meine dreizehn Jahre, mit stattlichen Einsachtzig geschlagen, was dem Mann im Bierwagen meistens genügte. Auf dem Land kennt dich zwar jeder, aber jeder weiß auch, dass Bier die einzige Möglichkeit ist um als dreizehnjähriger an eine Freundin zu kommen. Doch alle meine wohlüberlegten Argumente, konnten meine Eltern nicht zum Bleiben überreden. Also packten sie den Kram aus unserer Vierzimmerplatte ein und fuhren mit mir in einem altersschwachen Audi nach Baden-Württemberg.

Drei Jahre später, hatte ich mich komplett verwandelt. Mein linguistischer Ausweis stempelte mich mit einem unsichtbaren Judenstern, nur eben für Ossis. Freunde hatte ich keine mehr, Susi rief mich vielleicht noch zwei Wochen an, danach war ihr Guthaben und unsere Beziehung abgelaufen. Was in „Ländle" nördlich von Stuttgart als Gastfreundschaft betrachtet wird, konnte ich bereits an meinem ersten Schultag erfahren. Integration funktioniert, sag ich ihnen, nur nicht, wenn man die falsche Herkunft hat. Wenn sich zwei Russen mit einem Türken und vier Deutschen einig waren, dann wenn es gegen den Ossi in ihrer Klasse ging. Bereits am ersten Nachmittag in diesem mir fremden Land musste mich mein Vater nach seiner Schicht in der Notaufnahme des örtlichen Krankenhauses abholen. Bei einem Maschinenbauer der seltsamerweise für einen gelernten Ingenieur bereit war, so viel zu zahlen, dass es für eine dreiköpfige Familie reicht, sah man es mit Verblüffung, dass der neue Kollege nach dem Anruf in der Firma, das sein Sohn die ein oder andere Platzwunde hatte, nicht sofort Schluss machte. Doch gelernter Ossi, der mein Vater zuzüglich seines Doktors in Maschinenbau war, galt der Arbeitsplatz als Sakrosankt. Meine Mutter hatte in einem Kaufhaus in Stuttgart ebenfalls dem Arbeitsplatz den Vorzug gegeben. Also saß ich geschlagene vier Stunden auf einer abgewetzten Plastikbank in einem nach Desinfektionsmittel riechenden Wartebereich der Notaufnahme, Es sollte nicht mein letzter Aufenthalt in der Einrichtung bleiben.

Als mein sechzehnter Geburtstag nun näher rückte, hatte ich das Glück mir Schwester Renate schon per du zu sein. Sie war die einzige in diesem verrückten Land im Südwesten der Bundesrepublik, die noch so etwas wie Verstand zu haben schien, meine Eltern eingeschlossen! Jeden zweiten Tag irgendein schwäbischer Fraß, sie hatten sich, wie man heute sagt, offensiv integriert. Was einst gestandene FDJ`ler waren, mutierte zu einem Aushängeschild der Spätzlekultur.

Jedenfalls wurde Schwester Renate zu meinem sicheren Hafen. Sie wollte dem Dauergast mit den Anpassungsproblemen helfen. Daher brachte sie mir alles bei, was in ihrem langen Leben als Fazit übriggeblieben war: „Die Welt ist schlecht, und die Hoffnung auf einen Gegenschlag ist die einzige Freude die du im Leben haben kannst."

Ich fand, das war eine super Ansicht! Was kümmerten mich die Schläger, irgendwann würde ich es ihnen heimzahlen! Sollten meine Eltern doch in ihrer Schwäbischhölle versauern! Ich würde keine Sekunde länger als unbedingt nötig hierbleiben! Was musste ich mich um meine miesen Noten sorgen? Hartz Vier bezahlt mein Bier!

Und während ich über so manchem teuflisch (haha!) gemeinem Racheplan an Gott (tja Bro, so ist`s nun mal!) und Baden-Württemberg nachdachte, verging die Zeit. Inzwischen stellten die großen Handyfirmen Smartphones in solcher Schnelligkeit her, dass man gefühlt alle zwei Monate ein neues *haben* musste. Das mittlerweile üppige Familieneinkommen, hätte mir eines dieser Dinger locker finanzieren können. Doch wie gesagt, ich war mit den schwäbischsten aller Eltern gestraft. Jeder in meiner Schule besaß so ein Teil, nur ich nicht! Wir hatten nicht mal Internet! Können sie sich das vorstellen?

Und so begann an einem schönen Herbstabend, den ich mit einer Bandage um den Kopf und Schwester Renate verbrachte, der Feldzug gegen die die zwei Tyrannen der *Biederness*. Ich ließ nichts unversucht in den Schlachten um die mediale Aufrüstung. Am Anfang war ich noch human. Werbeflyer, die zufällig auf dem Frühstückstisch lagen. Fernsehprogramme die bei Handywerbung auf voller Lautstärke durch das Haus dröhnten. Ok, die Nummer mit dem abgebissenen Apfel im Handschuhfach von Papas neuem Mercedes, war vielleicht ein bisschen unausgereift. Nach einer Woche fand er das verschrumpelte Ding. Die Message kam nur suboptimal bei ihm an. Ja, ich hatte Hausarrest!

Aber das war mir egal, Freunde hatte ich schließlich keine mehr. Und ließ ich mich von derartigen Rückschlägen entmutigen? Wäre ja noch schöner! Auf dem Weg zum Endsieg (kleiner Gruß nach Brandenburg) war mir nichts zu dumm. Schließlich brachte mich Schwester Renate auf die zündende Idee. Als sie mir gerade den linken Arm wieder einkugelte, redete ich mir meinen handylosen Frust von der Seele. Sie legte den Kopf schief, und meinte nur: „Sag ihnen doch einfach, dass du mit einem Handy wenigstens den Krankenwagen selber holen kannst, dann ruft sie auch keiner mehr auf Arbeit an".

Hatte ich schon erwähnt, dass die Frau genial ist?

Und so kam es, das ich mein erstes Handy gegen jeden Widerstand zu meinem sechzehnten Geburtstag bekommen sollte. Meine Lage war zwar immer noch nicht besser geworden, doch nun würde ich wenigstens im Internet nach einer Lösung für meine Probleme suchen können.

Ich hatte ja keine Ahnung, dass man im Netz nicht unbedingt die Krone der Schöpfung (hihi) finden kann!

2. SCHWAEBISCHE NULL

D er Abend war gekommen. Glücklicherweise ein Samstag, denn ich hätte ungern meinen sechzehnten in Bandagen auf meine Eltern gewartet.

„Hier! Herzlichen Glückwunsch!"

„Was soll das sein?"

„Na, dein neues Handy!"

„Euer Ernst?"

„Was hast du denn?"

„Offenbar begriffsstutzige Eltern!"

„Nicht in diesem Ton!"

„Ich habe Apfel oder blauer zusammengedrückter Kreis gesagt"

„Das mit dem Apfel erinnert mich an was"

„Ist doch egal an was dich das erinnert! Ihr habt mal wieder nicht zugehört!"

„Was hast du? Du wolltest ein Handy, hier hast du eins"

„Handy? Wer hat euch glauben gemacht das Ding sei ein Handy?"

„Im Internet stand ..."

„WIR HABEN KEIN INTERNET!"

„Ich habe auf Arbeit gekuckt"

„Unter was? Assiphone Zwei Punkt Null oder wie?"

„Ich wusste mit diesem Zeug nichts anzufangen, also hab ich Rainer gefragt"

„Rainer?"

„Ja! S`Rainerle hat selber so ein Ding mit Apfel drauf, er findet`s nur kompliziert"

„Der Kerl war doch Fernmelder bei den Nazis! Woher soll der wissen, was ein gutes Handy ist!?"

„Hey! Er ist der beste Mann für Anlagenbau den wir haben"

„Und?"

„Nichts und, er hat gesagt, dass ich eines von den Teilen auf dieser chinesischen Webseite nehmen soll. Die sind billiger und einfacher zu bedienen. Haben aber das gleiche drauf"

„Du kannst kein Chinesisch!"

„Aber s`Rainerle!"

„Toll! Dann kann *s`Rainerle* mir bestimmt seinen Apfel für dieses Schrotteil geben!"

„Bist du eigentlich nie zufrieden?"

„Hättet ihr mir das Handy gekauft, das ich haben wollte, dann wär ich auch zufrieden!"

„Hör mal entweder du nimmst das oder ich schenke es Rainers Tochter!"

„Lebt die auch in der digitalen Steinzeit?"

„Na hör mal! Die ist Informatikstudentin in München! Die hat bestimmt mehr Ahnung als du!"

„Wenn sie das Teil nimmt, wundert mich die softwareteschnische Ahnungslosigkeit in diesem Land gleich viel weniger"

„Also willst du das Handy jetzt doch nicht oder wie?"

„..."

„Ehrlich, wir haben lange gerungen bis wir uns dafür entschieden haben dir eins zu kaufen"

„..."

„Aber auf Arbeit haben sie schon komisch gekuckt als ich sagte du willst eins"

„..."

„Die haben gefragt warum du noch keins hast! Stell dir vor!"

„..."

„Nimmst du`s jetzt oder nicht?"

„Gib her!"

„Na also, wirst sehen das Ding wird dir gefallen!"

„Was soll das für eine SIM-Karte sein?"

„Der beste Anbieter! S´Rainerle hat für mich sogar seine Tochter angerufen. Sei dankbar das sie extra für dich nachgeschaut hat, was der optimale Tarif ist!"

„Hier steht ich kann Telefonieren, und SMS versenden"

„Macht man das nicht mit einem Mobiltelefon?"

„NEIN!"

„Jetzt versteh ich gar nichts mehr. Du hast doch gesagt, dass wir uns dann nicht mehr um deine Ausreißer von der Schule kümmern müssen!"

„Ich wollte wenigstens einen Vertrag in dem eine Internetflatrate drin ist!"

„Wozu brauchst du einen Vertrag? Mit sechzehn bist du doch noch gar nicht geschäftsfähig!"

„Sagt ihr mir gerade das das Teil auch noch Pre-Paid ist?"

„Pre ... was?"

„voraus bezahlt"

„Ja, ich denke das es eine hilfreiche Lektion sein könnte, wenn du mit deinem Geld auch deine Rechnungen bezahlst"

„Ihr gebt mir kein Taschengeld!"

„Huch! Dann wird der Herr Sohnemann wohl oder übel eine andere Beschäftigung finden müssen als ständig im Krankenhaus rumzulungern"

„Glaubt ihr ich mache das zum Spaß?"

„Wozu sonst?"

„Weil mich die Arschlöcher aus der Klasse auf dem Kieker haben!"

„Du und deine Phantasie! Wir haben doch mit deinem Klassenlehrer geredet. Er meint, du weigerst dich, dich den anderen anzupassen. Also komm mir nicht mit faulen Ausreden"

„Mich wundert echt das ihr beide noch auf eure geliebte Arbeit findet. So blind, wie ihr seid!"

„Findest du dein Betragen akzeptabel junger Mann?"

„Findet ihr eure Ignoranz akzeptabel?"

„Prima! Du darfst den Rest deines Geburtstags auf deinem Zimmer verbringen!"

„Toll, dann hab ich wenigstens Zeit mich über mein internetloses Handy zu freuen!"

„Siehst du? Geht doch!"

„..."

Ich möchte nicht weiter ausschmücken, was ich in diesem Moment alles dachte, aber sie können sich bestimmt vorstellen, dass es nichts Gutes war.

3. VORINSTALLIERT

D a saß ich nun. In meinem Zimmer unter dem Dach, und betrachtete meine alten und neuen Habseligkeiten. Einen Schrank aus der DDR, den ich gegen jede Ikeainvasion meiner Mutter verteidigt hatte. Mein Schreibtisch mit den abgebrochenen Griffen an den Schubladen, der immer noch hielt. Und mein Bett auf das ich mich mit dem so genannten Handy setzte. Nicht allzu groß hier oben, aber dafür eine elternbefreite Zone.

Great Original Device prangte auf dem kleinen Karton, in dem die Wahnsinnstat meiner Eltern ruhte. Nach dem Öffnen fiel mir direkt eine Anleitung, natürlich in sämtlichen Sprachen, außer Englisch und Deutsch, in den Schoß. Das *Arigato* im japanischen Teil des windigen Heftchens war noch das verständlichste. Aber wie sagte schon Tim Taylor? *Real men, dont need Instructions*. Also schloss ich die verdächtig geklaut wirkende USB Leitung über einen breiten Anschluss an den klobigen schwarzen Kasten an. Bei näherem Hinsehen fiel mir auf, dass das Gehäuse mit einer Folie überzogen war. Überzieher können wichtig sein, bis zu diesem

Zeitpunkt hatte ich aber noch nicht mal ansatzweise einen gebraucht. Sie wissen schon was ich meine. Also zog ich an der Folie, und siehe da, das matte Gehäuse hielt die erste (und bei weitem nicht letzte) Überraschung für mich bereit. Statt wie auf der Verpackung in dezentem Schwarz gehalten zu sein, strahlte mich der kleine Plastikasten in schwulem Pink an! Danke Rainerle! Doch wenigstens schien das Ding einsatzfähig, denn die Buchstaben von der Packung leuchteten mir auf dem Display entgegen. *Wenigstens etwas* dachte ich. Überhaupt war das Display erfreulich groß, von der Farbe einmal abgesehen, wirkte das Teil wenigstens nur um vier Jahre zu spät.

Der erste Schock lief auch direkt an. Sämtliche Icons, Buttons und Fenster, waren mit chinesischen Schriftzeichen verziert. Das Betriebssystem wollte irgendwas von mir. Ich wollte was von ihm und da wir beide nicht miteinander kommunizieren konnten, passierte das was immer passiert wenn zwei aneinander vorbei reden; nichts Gutes! Nach einer viertel Stunde wildestem Rumdrückens, Fluchens und gelegentlichen Würfen aufs Bett, gelangte ich in das, was ich für die Einstellungen des Kastens hielt. Zumindest lag der Verdacht nahe, da in meiner Drückerei irgendwann ein Fenster mit mehreren Schriftzeichen aufging, dass Gott sei Dank (hihi) auch unsere normalen Buchstaben enthielt. Nach mehreren Anläufen mit Suaheli und Altägyptisch (was ich damals noch für einen Witz der Programmierer hielt), fand ich das mir vertraute Deutsch. Allerdings schienen Programmierer und Übersetzer aus dem gleichen Holz geschnitzt zu sein, denn neben dem Kürzel *GER* prangte folgende Zeile:

Du machen klar Reden für Beginn. Wollen umschalten?

Ich drückte auf die grüne Taste unter dem Fenster und gelangte wieder an den Anfang des Menüs. Danke Rainerle!!

Beim nächsten Versuch wusste ich, das Chinesen rot offenbar nicht als eine negative Farbe ansahen, scheiß Kommunisten! Doch endlich konnte ich mein Telefon in seiner ganzen unausgereiften Pracht bewundern. Mehr als die Hälfte aller Menüs war in einem hanebüchenen Dialekt übersetzt, der nur die Mandarin Version des Sächsischen übersetzt von einem betrunkenen Waliser sein konnte. Auch die Icons der App`s sahen komplett anders aus als ich das aus dem Fernsehen kannte, oder von den Werbeprospekten der *richtigen* Handyfirmen. Ein gelber Telefonhörer führte mich in ein Menü mit mehreren Servicediensten, die seltsamerweise alle mit einer zehnstelligen Zahlenfolge versehen waren (es waren französische Anschlüsse). Ein Tastenfeld um wenigstens Renates Nummer eingeben und speichern zu können, fand ich nicht. Also ging ich zurück auf den Hauptbildschirm und wischte ein bisschen herum. Mehrere

Lacher verursachten bei mir die drolligen Namen der einzelnen App`s. *Schreibblock, Hilfe Selbst* und *Aufwacher,* sind die an denen ich meinen größten Spaß hatte. Der Schreibblock, ich dachte es wäre ein simples Memopad, entpuppte sich als Lizenzvertrag. Ich klickte sofort auf Grün, um wieder rauszukommen. Was als Hilfsapp mit Fragezeichen getarnt war, zeigte mir eine Karte von Shenzen. Und der vermeintliche Wecker enthielt zwar Zahlen, allerdings nur rückwertslaufende.

Danke Rainerle!

Kurz davor das Wort *Hacker* wörtlich zu nehmen, und das Teil mit Papas Spaltaxt zurück in sein kommunistisches Mutterland zu prügeln, stieß ich auf einen Smiley. Er grinste mich lustlos an, und darunter prangte die Beschreibung:

Bau Auf!-the Game

Wenn ich schon nicht telefonieren oder SMS, geschweige denn im Internet surfen konnte, hatte ich vielleicht Glück und in den Pausen die ich aus Selbstschutz auf dem Klo verbrachte, etwas zum Spielen. Das der Vorsatz „Bau Auf!" mich zudem an eine mir lieb gewordene Phrase aus der Heimat erinnerte, überzeugte mich den Druck auf den Smiley zu wagen. Der Bildschirm wurde schwarz, und blieb es auch. *Toll* dachte ich *jetzt hab ich den Ausschalter gefunden.* Gerade als das Handy seinen ersten und letzten Freiflug an meine Wand erhalten sollte, erklang ein Orchester aus den Lautsprechern an der Rückseite des Kastens. Man kann den Chinesen ja vieles vorwerfen, aber Materialverschwendung gehört eigentlich nicht dazu. Dennoch musste der unterbezahlte Schichtleiter in der Handyfabrik, seinen minderjährigen Fachkräften hier einen Fehler durchgehen gelassen haben. Für zwei winzige Handylautsprecher, war der Klang des Orchesters eindeutig zu gut. Es hörte sich an, als ob ich direkt vor der Bühne in der Oper sitzen würde. Verblüfft hob ich den Kasten, und sah auf das nun nicht mehr, leere Display.

Die Nachricht die mich so richtig in die Scheiße reiten sollte, prangte in akkurat geschwungenen gelben Lettern vor mir auf:

Lets Play the World!

4. BOB

Nach einer kurzen Ladesequenz, ein Balken lief von rechts nach links, erschien der Titelschirm des Spiels. Sonderlich beeindruckend waren die drei Auswahlmöglichkeiten nicht:

-Neues Spiel-

-Avatar erschaffen-

-Welt bauen-

Im Hintergrund liefen immer zwei gleiche Bilder über den Schirm. Ein weißer Kerl in weißen Klamotten und ein roter Hund. Ich tippte auf *-Avatar erschaffen-* und das Menü veränderte sich. Nun konnte ich eine kleine Version meiner selbst in pixeliger Kleidung sehen. *Moment?* dachte ich mir, *woher weiß das Teil wie ich aussehe?* Ein Blick auf die

Oberseite des Gehäuses verriet mir, warum ich auf dem Display erschienen war. Zwei winzige Objektive starrten mich aus ihren plexigläsernen Augen an. *Ein Glück, dass ich nicht am Internet hänge* schoss es mir im Gedanken an die NSA durch den Kopf. Das Spiel bot nun mehrere Auswahlmöglichkeiten. Über meinen verschiedenen Körperteilen prangten Menü Buttons. Ich berührte das über meiner rechten Hand, und siehe da, der Bildschirm zeigte nun einen Haufen komischer Zahlen und Daten. Mathematik ist nicht meins, genau wie Schule im Allgemeinen, also schloss ich das Fenster mit einem Druck auf den Grünen *Zurück* Button.

Erneut im Hauptmenü, entschloss ich mich ein neues Spiel anzufangen. Zunächst wurde eine seltsame Highscoreliste angezeigt:

1-Zeus

2-Amaterasu

3-Ra

4-Alla

5-Gott

6-Jave

7-Budda

8-Odin

9-

10-

Das die Spieler offenbar alle Namen von irgendwelchen Göttern hatten (Ja auch der religionsbefreite Ossi kennt ein Paar von denen!) verwunderte mich nicht wenig. Wie es allerdings sein konnte das ein Handy das noch nicht mal über eine Telefonapp verfügte, einige Spielstände gespeichert haben sollte, war mir unbegreiflich. Die einzige Erklärung, die mir einfiel war die, dass in China offenbar jemand ein internetbasiertes Spiel auf dem Handy vorinstalliert haben musste. Also las ich vielleicht gerade Spielstände von vor über vier Jahren auf meinem Bildschirm.

Die Liste verschwand und machte einer Nachricht Platz:

Avatarname ungültig!

Und wieder zurück ins Hauptmenü. Ich dachte nicht daran meinem allzu wissbegierigen Handy meinen echten Namen zu verraten, also wählte ich die letzte Option aus, - *Welt bauen-* und erneut wurde mein fehlender Avatarname bemängelt.

Genervt von dem Ewigen auf Grün getippe, kehrte ich zur Charaktererstellung zurück. Erneut blickte mich mein pixeliges Pendant an. Täuschte ich mich oder sah mein Avatar ebenso genervt aus wie das Original? Über dem Kopf des kleinen Ichs prangte eine leere Zeile. Da ich zu dieser Zeit ein Faible für den Film *Titan A.E.* hatte, beschloss ich mein virtuelles Selbst mit dem Namen *Bob* zu versehen. Augenblicklich begann mein Handy zu vibrieren. Ich erschrak und ließ es auf das Bett fallen. Als ich den kleinen Kasten wieder aufnahm, lachte Bob mich an. Er deutete auf seinen Kopf. Es war klar, dass ich das Menü öffnen sollte. Das Fenster öffnete sich, und eine noch längere Liste als bei Bob`s Hand erschien. Hier waren Schaltflächen dabei, die seltsame Titel trugen. Zum Beispiel *Imput* oder *Kino*. Damit anfangen konnte ich natürlich nicht viel, aber als ich gerade auf den grünen Exitknopf tippen wollte, erschien Bob am linken Bildschirmrand und deutete auf das Feld *Wünsche*. Natürlich öffnete ich das Fenster!

Eine Vielzahl sehr einfacher und sehr knapper Beschreibungen von Dingen erschien. Mir kam schon der erste Punkt erschreckend bekannt vor:

Nach Hause!

Wehmut überflog mich wie eine F16. *Nach Hause!* Nach Brandenburg, zurück zu Schwimmbad und Faschos, aber wenigstens wieder zu Hause!

Der nächste Punkt war schon eher etwas Konkreteres:

Stärker sein als alle Spakos aus der Klasse!

Als ich den Satz berührte, blickte er rot. *Aha! Das chinesische* Ja *ist wieder da!* dachte ich mir. Belustigt von so viel Zufällen in dem vorinstallierten Spiel, ging ich zurück ins Hauptmenü um endlich ein neues Spiel zu beginnen, zum Aufbauen wollte ich später kommen.

Die Highscoreliste hatte sich bereits auf meinen Avatar eingestellt:

1-Zeus

2-*Amaterasu*

3-*Ra*

4-*Alla*

5-*Gott*

6-*Jave*

7-*Budda*

8-*Odin*

9-*Bob*

10-

In derart illustrer Gesellschaft fühlte ich mich schon ein bisschen geehrt. Als Erstes sollte ich dem Spiel nach dem Verschwinden der Liste sagen, ob ich gut oder böse wäre. So schnell, wie mein Daumen auf Böse zischte, hätte ich selber nicht gucken können.

Ja, was haben Sie denn gedacht? Das ich ein netter Bursche von nebenan bin? Der Typ der sonntags das lokale Werbeblättchen in ihren „Bitte keine Werbung" betitelten Briefkasten steckt? Nein! So einer bin ich nicht! Nach drei

Jahren Schwabenland hatte es sich mit dem freundlichen Ossi ein für alle Mal! Jede Woche mit der Regelmäßigkeit eines Uhrwerks verarscht, ausgelacht und verprügelt zu werden, glauben Sie ernsthaft, dass ich da lange Zögern würde, für welche Rolle ich mich entscheide?

Oder wie es Renate damals ausgedrückt hatte: „Es macht mehr Spaß auf der Seite der Bösen zu stehen, die Verlieren zwar immer, aber dafür haben sie nicht diese widerlichen Amiszenen in den Filmen!" Sie hatte zu dieser Zeit eine regelrechte Manie gegen Pathos im Film entwickelt, nachdem sie Spiderman zum fünften Mal vor einer Amiflagge in Slow Motion vorbeispringen sehen musste.

Also war meine Entscheidung klar. Ich würde in diesem seltsamen Spiel den bösen Buben geben. Wehe demjenigen, der mein Gegenspieler werden würde!

Bob erschien auf dem Bildschirm, er trug eine kurze Hose in Schwarz und ein gelbes T-Shirt. *Toll eine Bobbiene! Da werden sich die Guten aber fürchten!* dachte ich schmunzelnd. Um den kleinen Avatar zeichnete sich langsam ein Hintergrund ab. Er sah genau so aus wie mein Zimmer! Verwirrt starrte ich den kleinen Kerl an. Im Nachhinein wunderte es mich, das ich nicht schon früher auf die Idee gekommen war die Kameras mit Isolierband abzukleben.

Gesagt getan, trotz des frostigen Tones meiner Eltern, ließen sie mich in den Keller gehen um die optische Schutzmaßnahme vorzunehmen. Als ich erneut am Wohnzimmer vorbei hoch zur Treppe wollte, rief mir mein Vater hinterher: „Ab ins Bett! Morgen fahren wir früh los!"

„Ja Papa!" rief ich zurück.

Verdammt! Das hatte ich völlig vergessen! Morgen wollten meine Eltern zu Tante Sabine und ihrer ätzenden Tochter fahren. Und ich musste natürlich mit! Nach München! Nach Bayern! Ins tiefste Ausland!

In Gedanken betete ich (verrückt, wenn man mal drüber nachdenkt!) dass mein chinesisches Spionagegerät das auf meinem Bett lag, mir den Sonntag einigermaßen erträglich machen würde.

5. DAS GEWISSE ETWAS

Alles klar bei dir da hinten?", erkundigte sich mein Vater.

„Wenn ihr mich wieder zu Hause absetzt, dann ja!", grollte ich zurück.

„Ach Junge!", stöhnte Mama, „kannst du nicht ein Mal deine schlechte Laune vergessen?"

„Nein"

Die Sonne war noch nicht mal aufgegangen, als meine Mutter mit ihrer preußisch zackigen Art „guten Morgen!" in mein Zimmer schrie. Ich bin zwar kein Langschläfer, aber um drei Uhr geweckt zu werden, um eine Stunde später in völliger Dunkelheit in Papas Mercedes völlig leere Straßen entlangzugondeln, dass war zu viel.

„Na komm, wir fahren doch zu Tante Sabine und Chacsi! Das wird ein Spaß!" versuchte es mein Vater erneut.

„Für euch vielleicht! Ihr müsst ja nicht mit dem langen Elend abhängen!", sagte ich.

Chacsi, oder lang gesprochen Chantal Cristine, war Tante Sabines Tochter aus ihrer geschiedenen Ehe. Die beiden lebten in München von dem Geld, dass Sabine bei einem privaten Fernsehsender bekam. Ich hatte immer geglaubt, dass die Glotze an sich schon behämmert genug sei. Dann erfuhr ich, womit Tantchen ihre Kohle machte. Sie war für die Vormittagsbespaßung zuständige Programmdirektorin, gut bezahlte Scheiße, so nannte ich das, was sie tat.

Ihre Tochter hatte nicht nur einen Doppelnamen, sie war auch noch doppelt so groß, wie es für eine Siebzehnjährige eigentlich angemessen wäre. Mit zwei Metern überragte sie alles, was ich aus unserer Familie kannte. Es mochte auch daran liegen, das wir gar nicht verwandt waren. Papa hatte Sabine bei einem vom Arbeitsamt vermittelten (befohlenen) Computerlehrgang in Nürnberg kennengelernt. Sie war damals noch weiter unten in der Hierarchie des Senders, so das sie die Arschkarte gezogen hatte, einen wohltätigen Beitrag der Firma zu halten. Auf Deutsch gesprochen: Ossis davon abhalten, wie Neandertaler auf Pornoseiten zu surfen. Als die Maßnahme vorbei war, hatte sich mein Vater mit Sabine angefreundet. Sie wiederum hatte feststellen müssen, dass der Herr Doktor für Maschinenbau ein geselliger Mann aus dem Nahen Osten (hihihi) war. Der Vorschlag in den Westen zu ziehen und aus dem „Teufelskreis" wie sie sich ausdrückte auszubrechen, kam von Sabine.

Es ist also nicht verwunderlich, dass sich meine Sympathie für die befohlene Tante in Grenzen hielt. Ihre Bohnenstange von einer Tochter machte die Sache auch nicht besser. Bei unserem ersten Treffen, war ich gerade mal zwölf und sie dreizehn. In einem Anflug von Abenteuerlust, hatten sich die frisch geschiedene und ihr doppelnamiges Anhängsel, zu uns in den Osten aufgemacht. Der Schock saß tief, denn anstatt die erwarteten Trümmerlandschaften zu erblicken, fuhren Tante Sabine und Chacsi über Straßen ohne Schlaglöcher, an neu gebauten Häusern und Supermärkten vorbei. Als die beiden in ihrem BMW Jeep neben einem Hummer halten mussten, aus dem sächsischer Hip-Hop dröhnte, war es aus. Völlig entkräftet vom sanierten historischen Dorfkern, schienen die beiden froh zu sein, als sie vor unserer Platte hielten.

Papa und Mama begrüßten die kreidebleichen Besserwessis mit den Worten „Gute Fahrt gehabt? auf der A4 soll ja grade gebaut werden!"

„Gebaut ... ja, ja, ...", stammelte Sabine zurück.

Das Wochenende wurde nicht besser, Chacsi nörgelte in einer Tour, dass sie keinen Empfang mit ihrem Apfelhandy hätte. Ich fragte sie ob wir nicht lieber in die Schwimmhalle gehen sollten oder in den Wald Pilze suchen. Das lange Ungetüm starrte mich nur fassungslos an.

„Spinnst du? Ich werde mich von dir doch nicht in einen Vergewaltigerwald zerren lassen!", rief sie mir zu.

„Ist dir schon klar das hier jeder jeden kennt?", konterte ich verwirrt.

„Toll! Auch noch Inzestvergewaltiger!", sagte sie mit zitternder Stimme.

Ich war sowas von sauer. Also ging ich ins Dorf und erzählte meinen Freunden von der paranoiden Bohnenstange. Wie es uns einst die Partei gelehrt hatte (zumindest habe ich das immer die Alten reden hören) holten wir aus unseren Betrieben mehr raus. Nachdem wir in der örtlichen Gärtnerei mehrere Hagebutten geklaut hatten, aus der Schweißerei ein Gläschen Graphit und vom Gelände der alten LPG eine Maus, beschlossen wir der bayrischen Gefahr mit sozialistischer Eintracht entgegenzutreten. Unser Opfer fanden wir vor dem Netto sitzend, und ihr Handy in die Luft haltend. Offenbar hatte man dort Empfang. Meine Freundin Susi, spielte die Erstaunte und ließ sich im tiefsten bayrischen Dialekt unterrichten. Währenddessen setzten die beiden Mädchen sich auf die Einkaufswagen und ließen ihre Füße baumeln. Die Maus kam als Erstes zum Einsatz. Für so schnell hätte ich Chacsi nicht gehalten, aber als sie das arme Tierchen sah, flogen ihre Stöckelschuhe (also ehrlich, auf dem Dorf! Hallo?) wie erwartet in hohem Bogen davon. Nun begann Phase zwei des Unternehmens zur innerdeutschen Verständigung. Die Hagebutten kamen in den linken Schuh, das Graphit in den rechten.

Als Susi die aufgebrachte Chacsi beruhigt hatte, kamen die beiden Mädchen zurück. Wir hatten uns natürlich im Netto versteckt, und wollten das Schauspiel beobachten. Die Riesin zog sich ihre sündhaft teuren Schuhe wieder an und ging mit Susi auf Rundreise durchs Dorf. Wie die Stasi höchstpersönlich, schlichen der Rest meiner Freunde mit mir zusammen hinter den beiden her. Hagebutten (falls sie ein Stadtkind sind, das juckt wie die Hölle) wirken relativ schnell, doch durch das unangenehme Kratzen verlagerte Chacsi immer mehr Gewicht auf ihren rechten Fuß. Graphit wiederum, hat eine noch schönere Eigenschaft, wenn es auf Schweiß trifft: Es kriecht die Haut entlang.

Am Abend hatte ich mehrere Schellen und Hausarrest bekommen, aber Chacsis schwarzes rechtes und vom Kratzen knallrotes linkes Bein, entschädigten mich vollauf.

Nach unserem Umzug ins Schwabenland, hatte sich jedoch alles geändert. Plötzlich waren Tante Sabine und Chacsi, die einzigen, die wir hier zunächst kannten. Es wurde zu einem Ritual mindestens einmal im Monat nach München zu fahren und mich zusammen mit der langen Gefahr allein, zu lassen. In der Zwischenzeit gingen meine Eltern mit Sabine ins Kino oder Essen, was auch immer. Es dauerte also meistens bis sie wieder da waren, und in dieser Zeit rächte sich Chacsi für die Schlappe, die sie bei uns im Dorf erlitten hatte. Da sie außerdem auf ihrem Terrain war, Münchener Innenstadt, hatte ich keine Chance.

Wie immer begann die Tortur mit dem schnellen Abschied unserer Eltern. Danach fing das lange Elend an, ihre Stadt als den Nabel der Welt hinzustellen, und das ich Dorftrottel nichts, aber auch gar nichts hinbekommen würde. Ich hockte mich auf die Couch und ignorierte Chacsi. Das machte sie nur noch motivierter. Die mittlerweile fast zwei Meter zwanzig große Trine zückte ihr Handy, tippte schneller als Einstein es hätte berechnen können darauf herum. Fünf Minuten später standen sechs schnatternde Teenager vor mir.

„Jo mei! A Ossi!", war noch das Harmloseste. Ich hatte die Schnauze voll und zog mein Handy um Bob einen Besuch abzustatten, etwas Blöderes hätte ich nicht machen können!

„Kuckt mal da! Der hat ein Handy! Ich dachte ihr trommelt noch!", lachte eine der Nervensägen.

„Aber die Farbe passt zu einer Schwuchtel wie dir!" kicherte Chacsi.

„Wenigstens muss ich mich nicht vor Flugzeugen in Acht nehmen. Du *World Trade Center* auf zwei Beinen!", knurrte ich schlagfertig.

Das hatte gesessen, Chacsi verzog das Gesicht und ging mit ihren Freundinnen aus der Wohnung. Als sie an der Türe waren, drehte sie sich noch mal um und zeigte mir den Stinkefinger. Danach kniete sie sich hin, um ihre Schuhe zu zubinden. Erfreut stellte ich fest, dass sie jeden Einzelnen sorgfältig prüfte, bevor sie ihn anzog. Was mir auch noch auffiel, war Chacsi`s Hintern. Ich war damals sechzehn, Hormone und so weiter. Also beschweren sie sich gefälligst bei der Sitte oder halten den Rand! Jedenfalls rutschte ihre Jeans ein wenig nach unten und ich konnte einen schwarzen Tanga bewundern. *Das ist ja auch mal was!* dachte ich mir und vertiefte mich in meinen pinken Kasten.

6. OFFENSIVE KONFLIKTLO-ESUNG

Gespannt was mein Avatar so Neues bewerkstelligt hatte, entdeckte ich, das statt -*Neues Spiel*- nun einfach -*Fortsetzen*- angezeigt wurde. Ich tippte darauf, und nach dem Highscore nahm Bob Gestalt an. Auf einer Couch die der von Tante Sabine nicht unähnlich war. *Wie schafft es diese chinesische NSA nur, mich sogar ohne SIM-Karte zu verfolgen?* fragte ich mich bestürzt. Aber wenigstens konnte ich jetzt in Ruhe das Spiel ausprobieren. Im Auto hätte ich zwar auch spielen können, aber seit ich beim Lesen eines Micky-Mouse Heftes gekotzt hatte, durfte ich nur noch aus dem Fenster gucken. Ich tippte auf Bob, und der zuckte zusammen. Er hob den Kopf und winkte mir aufgeregt. Danach deutete der kleine Kerl auf ein Bücherregal hinter sich. Ich berührte es auf dem Display, und ein Menü öffnete sich.

Im ersten Augenblick, hielt ich es für eine gefakte Bestellseite aus dem Internet. Was natürlich nicht sein konnte.

Ich hatte mit dieser Krücke von einem Handy ja keinen Empfang.

Falls sie sich fragen, woher ich überhaupt wusste, wie Internetseiten aussehen: Mann! Jede Schule hat wenigstens einen altersschwachen PC der über ein 56-k-Modem zwar in Zeitlupe, aber immerhin mit dem Netz verbunden ist.

Ich überflog die Liste der angebotenen Bücher. Hauptsächlich Liebsschnulzen, aber auch ein Lehrbuch für Mediengestaltung. *Komisch? Das könnte glatt Sabines Ding sei* ... ich erschrak und drehte mich um. Tatsächlich fand ich die Bücher aus dem Handy im Original hinter mir! Meine Neugier war geweckt, Bob wedelte mit den Armen und deutete auf die rechte obere Ecke des Ikea Regals. Ich drehte mich um, und bekam einen gehörigen Schrecken. *Patrick Süßkind - das Parfum! Oh Scheiße!* Morgen war Klassenarbeit! und ich hatte bis auf den Rückentext nichts davon gelesen! Natürlich wusste ich das auch der Rest der Klasse den Schinken nicht gelesen haben würde. Die konnten sich bei YouTube ja Zusammenfassungen bis zur Kotzgrenze reinziehen! Aber haben sie schon mal versucht, mit einem 56-k-Modem eine moderne Internetseite aufzurufen? Bob blieb gelassen, und winkte mir mit der Hand, auf das Buch hinter ihm zu tippen. Ich tat es, und ein kleiner Text erschien. Eine Zusammenfassung des *Parfums*! Am unteren Ende des Fensters in dem Süßkinds Werk überflogen wurde, prangte ein Icon. Es war rot, also ein Gutes. Ich drückte, und mein Finger zuckte leicht zusammen, als ich einen kleinen Stromstoß verabreicht bekam. *Verdammtes Ding! haben die Chinesen denn überhaupt keine Ahnung!?*, grollte ich innerlich. Wahrscheinlich hatte eines der Sklavenmädchen an den Lötkolben die Erdung für das Teil vergessen, also nichts mit Handy in der Wanne.

Nach drei Stunden torkelten meine Eltern an der Seite von Tante Sabine wieder an. Mama stützte Papa, der wie er im besten besoffenen Bayrisch das ich je gehört hatte „I had nur Eiiz!", sagte.

Mama am Steuer, es ist mir nicht geheuer!, hatte ich schon mehrmals gesagt. Bis zu diesem Tag war mein Vertrauen in die Staatsmacht noch präsent. Irgendwann mussten die Großstadtscheriffs diese Wahnsinnige am Steuer doch erwischen! Aber nein, mit siebzig durch die Innenstadt, auf der Autobahn bumste der Drehzahlmesser seine rechte Sperre. Ich hielt mich an zwei Gurten fest und betete zu Gott (blanke Masturbation im Nachhinein betrachtet!). Bei uns zu Hause, in Brandenburg, hatte ich nie mit meiner Mutter fahren müssen. Aber seit wir in diesem seltsamen Fleck der Welt lebten, kam ich öfter als mir lieb war in den *Genuss* der Fahrkünste dieser Irren. Was nützt ein Staat, wenn er einen Unschuldigen nicht mal vor der eigenen Familie schützen kann?

Mit durchgeschwitztem Shirt und zitternden Knien war ich nur froh wieder in mein Zimmer zu verschwinden. Wiedermal hatte kein einziger Polizist es für nötig befunden, mich aus der Umgebung dieser vierrädrigen Terroristin zu entfernen. Kurz vor Stuttgart glaubte ich, dass die Rettung da ist. Doch statt meine Mutter aus dem Verkehr zu ziehen, jagten die Autobahncops lieber einen Rumänen.

Als ich Bob in meinem Zimmer hervorholte, wischte er sich gerade Angstschweiß von der Stirn. Seine Umgebung hatte sich erneut an die meine angepasst. Er sah irgendwie anders aus, aber was genau es war konnte ich nicht sagen. Bob lächelte mir zu, und ich lächelte zurück. Ja mein Leben war beschissen, aber wenigstens hatte ich jetzt einen virtuellen Freund, Früher musste ich mir die noch selber einbilden!

Nach dem Abendbrot dauerte es nicht lange, und ich schlief wie ein Stein. Die *Speed*-mäßige Heimfahrt hatte mich einfach zu viele Nerven gekostet.

Meine Träume in dieser Nacht waren komisch. Ich war ein buckliger Kerl der in einer Höhle lebte. Ein Mörder auf der Suche nach jungen Mädchen. Danach war ich ein Muskelprotz der Tarek aus der Klasse über mir, einen echt fiesen Typen, locker am ausgestreckten Arm verhungern ließ.

Gerade als ich Chacsis Tanga wieder vor mir hatte, klingelte mein Wecker. *Also dann* dachte ich *auf ins Gefecht!*

Das ich kein Morgenmuffel bin, hab ich schon erwähnt oder? Aber als ich an jenem Montag ins Bad ging, wünschte ich mir lieber im Bett zu liegen. Sämtliche Knochen taten mir weh, und mein Schädel dröhnte wie nach einem Dorffest. Kurz und gut, ich wollte krankmachen. Doch als ich meine Zahnbürste und den Becher nahm, *Zahnpasta drauf und los geht`s mit dem Rubbeln*, hätte ich um ein Haar das ganze Ding verschluckt. Mein eigentlich locker flockig im Wind flatterndes Schlafshirt, war zum bersten gespannt. Meine Arme hatten mindestens den doppelten Durchmesser ihrer Originale. Meine Beine waren nicht mehr wabbelig und schlaff, sondern straff wie Stahl! Im betretenen Zustand in dem ich mich befand, schlug ich sachte gegen meinen linken Oberschenkel, nichts. Keine Bewegung. *Was zur Hölle ist hier los?* fragte ich mein viel zu athletisches Spiegelbild. Doch es gab keine Antwort.

Zurück in meinem Zimmer, suchte ich die weitesten Klamotten raus die ich hatte. Gute alte Hip-Hop Baggys und ein weites XXXL-Shirt in Blau. Damit hoffte ich die Ausmaße meiner nächtlichen Verwandlung zu kompensieren.

Die nächste Prüfung lauerte am Frühstückstisch. Zum Glück bemerkte meine Mutter nicht was mit mir passiert war. Alles was sie sagte war ein schlaftrunkenes: „So willst du in die Schule?"

Meine Antwort bekam sie nicht mal mit. Also raus und ab in den Bus.

Blöde guckten nur die die mich kannten, also vom sehen, hören, weitersagen, niemand wäre auf die Idee gekommen, sich den Unwillen der mächtigsten Schlägertruppe der Schule zu zuziehen. Wer mit mir verkehrte, war automatisch zum Abschuss freigegeben.

Die Klassenarbeit verlief besser als erwartet, ich hatte auf jede Aufgabe eine Antwort. Woher? Das wusste ich beim besten Willen nicht. Alles, was ich mir beim Schreiben dachte, war: *Go Grenouille Go!*

Um das Nachmittagsprogramm auch ordentlich abzurunden, stellten sich meine üblichen Peiniger vor der Schule in Reih und Glied. Hätten sie keine türkischen oder russischen Wurzeln gehabt, hätte bis zum Eisernen Kreuz nicht viel gefehlt. Tarek aus der Klasse über mir, spielte den Adolf und machte sich auf eine Blitzaktion gegen den personifizierten Osten bereit.

Ich wollte es schon über mich ergehen lassen, so wie jedes Mal, und freute mich auf den Kaffee bei Renate. Doch als Tarek ausholte und auf meinen Kopf zielte, sah ich ihn in Zeitlupe.

Warum nicht? Sprach mein Unterbewusstsein zu mir *Hau doch wenigstens einmal zurück, Muckis hast du doch seltsamerweise bekommen!*

Meine Faust traf die Tareks, und der stämmige Riese brach sich die Hand.

Ungläubig starrten die anderen ihren „Führer" an, bevor sie auf mich losgingen. Doch verrückterweise nietete ich einen nach dem anderen um. Über den stöhnenden Haufen gebeugt, wunderte ich mich, und rannte dann so schnell ich konnte (auch das hatte einige Verbesserungen erfahren) zum Bus. Daheim flog ich quasi die Treppe zum Dachboden hinauf und schnappte mir das Pinke Handy. Bob hatte mir einiges zu erklären!

7. WAS KOST` DIE WELT?

Auf dem Bildschirm lümmelte Bob gemütlich auf dem virtuellen Nachbau meines Bettes vor sich hin. Es dauerte eine Weile, bis ich das fand, was ich suchte. Im Menü -*Avatar Erschaffen*- suchte ich vergebens, da wurde nur noch eine einzige Meldung angezeigt:

Nur ein Avatar pro Spieler!

Also wischte ich mich zurück zu Bob und stöberte weiter. Nach fünf Minuten fand ich, was ich suchte, ein kleines länglich weißes Feld mit einem blinkenden Cursor. Die Eingabe erfolgte durch eine von oben hereinschwebende Tastatur:

Ich: *Was zum Teufel ist hier los??*

Es dauerte eine Weile, und plötzlich schwebte Bob von links, in den Display hinein, und eine kleine Sprechblase erschien über seinem Kopf:

Bob: *Was soll los sein?*

Ich: *Gerade hab ich die härtesten Typen der Schule verwackelt, als ob sie vierjährige wären!*

Bob: *Hat`s gut getan?*

Ich: *Das war nicht die Frage!*

Bob: *Teufel ist hier los, fragst du?*

Ich: *Allerdings!*

Bob: *Genau der ist los.*

Ich: *Hä?*

Bob: *Na was hast du denn gewählt, welcher Spieler du sein willst? Denk mal scharf nach!*

Ich: *Sekunde, soll das heißen ich bin nur so stark, weil ich der Teufel bin?*

Bob: *Nicht direkt, aber du bist für die bösen Einlagen ver-antwortlich, wenn das Spiel es verlangt.*

Ich: *Kannst du mir das bitte erklären?*

Bob: *Ok, pass auf. Das Spiel fragt dich, ob du gut oder böse sein möchtest. Danach bekommst du die Kontrolle. Wenn einer von den Guten ein Level eröffnet, musst du es zu seinen Bedingungen schaffen das fröhliche Treiben, in ein Schlachthaus zu verwandeln. Bis es jedoch so weit ist, kannst du alles machen, wonach dir der Sinn steht.*

Als ich diese Zeilen las, war mir nicht bewusst das mit dem *Spiel*, etwas völlig anderes gemeint war. Ich dachte eben das es einfach, eine lustige kleine App wäre, die mir diesen Spaß verschaffen wollte. An meiner anfänglichen Skepsis änderte sich allerdings nichts.

Ich: *Das erklärt aber nicht wie ich plötzlich zu einem Hulk mutiert bin und* Das Parfum *im Schlaf auswendig gelernt habe!*

Bob: *Das Buch hast du in dem Moment vollständig intus gehabt, als der kleine Schlag dich gestern traf.*

Ich: *Aha, und warum kann ich auf einmal Tarek den Schrank vom Dienst mühelos ins Nirvana schicken?*

Bob: *Pro Sieg wird dir ein Wunsch erfüllt, da du in den letzten Jahren der erste Spieler seit langem bist, hast du den Ersten von deiner Liste gratis bekommen.*

Ich: *Mein erster Wunsch war aber, dass ich nach Hause wollte!*

Bob: *In der Tat, und wo bist du gerade?*

Ich: *DAS IST NICHT MEIN ZU HAUSE!!!*

Bob: *Eben, dein Unterbewusstsein war da nicht so klar, mal hier mal dort, also ging der Wunsch auf Nummer Zwei über.*

Ich: *Na gut, aber wie sehen diese Level aus von denen du geredet hast?*

Bob: *Kann ich nicht sagen, das legt jeder Spieler selbst fest, aber die anderen acht Accounts werden schon länger nicht mehr bespielt. Also werden von da auch höchstens nur Standardspiele kommen.*

Ich: *Standardspiele? Was meinst du damit?*

Bob: *Zufällige Level, mit einem hohen Schwierigkeitsgrad, die die Spieler selbst angelegt haben. Das kannst du übrigens auch!*

Es sind die sogenannten, Boss Level. *Wenn du einen von denen schaffst, steigst du im Highscore auf.*

Ich: *Und dann?*

Bob: *Nichts weiter.*

Ich: *?*

Bob: *Mann! Wie du vielleicht schon gemerkt hast, kannst du über mich so einiges Anstellen. Fällt dir den gar nichts ein, was du gerne mal machen würdest?*

Ich: *Gerade nicht, was kannst du noch außer mir Patrik Süßkind und Muskeln näher zu bringen?*

Bob: *Rate.*

Ich: *Kaffee kochen?*

Bob: *Willst du mich verarschen?*

Ich: *...*

Bob: *Rate noch mal!*

Ich: *Mir fällt nichts ein.*

Bob: *Was ist das Gegenteil von nichts?*

Ich: *Äh?? Etwas?*

Bob: *Denk größer!*

Ich: *Alles?*

Bob: *Fein erkannt.*

Ich: *Und trotzdem nichts gerafft!!!*

Bob: *Hör zu, mein begriffstutziger Meister, ich kann dir ALLES machen, was du willst!*

Ich: *Und das soll ich dir glauben???*

Bob: *Na schön, wie wäre es mit einer Kostprobe?*

Ich: *Mir fällt nichts ein.*

Bob: *Fragen wir dein Unterbewusstsein ...*

Ich: *Und wie?*

Bob: *... Deine Mutter hat bei der Commerzbank um die Ecke, als ihr hergezogen seid, kein Konto bekommen. Ist das richtig?*

Ich: *Jup.*

Bob: *Was hältst du davon, ein wenig Kohle abzuheben?*

Ich: *Gerne, aber ich habe kein Konto! Geschweige denn Taschengeld, das ich drauf einzahlen könnte! Wie machst du das eigentlich alles ohne Internet? Seid ihr die chinesische NSA oder eine verkorkste Spy-Software des BND?*

Bob: *Weder das eine noch das andere. Am Internet häng ich nicht, ich bin dein Handy! Oder besser gesagt die Software auf deinem Handy. Als du mich eingeschalten hast, hab ich auch direkt mit deinem Schädel und Unterbewusstsein reden können.*

Ich: *Verarsch mich nicht! Wie soll das denn gehen?????!*

Bob: *Woher soll ich das wissen? Ich bin nur dein Avatar für das Spiel!*

Ich: *Ok, meinetwegen. Also was genau hast du vor?*

Bob: *Geh mit deinem Handy zur Bank um die Ecke, und genieß die Show!!*

Ich: *Und dann?*

Bob: *Wirst du schon sehen:)*

Natürlich bin ich sofort zur Filiale der überaus gemeinen Bank gegangen. Es war der erste Moment, in dem es mir egal war, was für Ungereimtheiten Bob`s Aussagen enthielten. Ich tat das, was alle tun, wenn ihnen etwas Unerkläriches vor die Nase kommt, ich hielt es für Schwachsinn. Doch mein pinkes Chinamonster überraschte mich das erste, aber bei weitem nicht letzte Mal.

Am Automaten holte ich Bobs Zuhause hervor. Er lächelte mitleidig vor einer pixeligen Version des heruntergekommenen Raums. An der Wand hinter meinem Avatar erkannte ich eine exakte Kopie des Dings, vor dem ich stand. Ein Fenster öffnete sich, und vor meinen Augen nahmen drei Buttons Gestalt an. An der linken Seite zeigte einen Pfeil nach unten, der rechte nach oben. In der Mitte war die Fläche größer und zeigte eine „0". Bob deutete auf den rechten Button, und ich tippte einmal darauf. Plötzlich erschien eine „1000" auf der mittleren Bedienfläche.

„Mach hin Junge! Dein Handy kannst du auch an der Tanke laden!" blaffte eine ältere Dame hinter mir.

„Sorry, dauert bei *O2* hald so lange!" murrte ich zurück.

„Ossis!", stieß die Alte wütend hervor, „Wir hätten euch nie reinlassen sollen!"

Ich wand mich wieder Bob und dem Bankautomaten zu. Unter dem Eindruck der Frau, tippte ich schnell auf den rechten Button, sehr schnell. Als „100.000" angezeigt wurden, ließ ich es gut sein (fürs Erste!) und drückte auf Grün am unteren Bildschirmrand. Bob hielt beide Daumen hoch, und der Automat vor mir begann zu rattern.

Er hörte sehr lange nicht auf.

Haben sie schon mal einen Fünfhunderter in der Hand gehabt? Ich bis zu diesem Zeitpunkt auch nicht. Nun trottete ich an der böse kuckenden Alten vorbei, mit Bündeln von diesen Dingern!

„Wieder so ein Start-up Opfer!", schimpfte die Frau, „Wehe, wenn der Automat leer ist!"

Ich: *Und? War er leer?*

Bob: *Nein.*

Ich: *Aber wir haben so einen Haufen 500`er da raus gezogen!*

Bob: *Und?*

Ich: *Wie und?*

Bob: *Was glaubst du, was Geld ist?*

Ich: *Keine Ahnung! Aber ich weiß das man mit Sicherheit nicht so viel davon aus dem Automaten ziehen kann, ohne das die Polizei davon Wind bekommt!*

Bob: *Meister, Meister, noch viel zu lernen du hast!*

Ich: *Komm mir noch mal mit* Star Wars, *und ich leg dich in die Mikrowelle!*

Bob: *Schon gut! Unsere kleine Transaktion war dir also Beweis genug?*

Ich: *Irgendwie schon, wie hast du das gemacht?*

Bob: *Betriebsgeheimnis XD.*

Ich: *Echt???*

Bob: *Nö. Wollte nur sehen, wie du reagierst!*

Ich: *Also? Wie??*

Bob: *Geld ist nichts anderes als bedrucktes Papier. Und das hast du jetzt zuhauf!*

Ich: *Also ist das alles Falschgeld????*

Bob: *Wenn du von der Art ausgehst, wie es gemacht wurde, ja. Gehst du aber davon aus, dass kein Prüfgerät der Welt die Scheine als „FALSCH" etikettieren würde, dann nein.*

Ich: *Und wovon geh ich aus?*

Bob: *Die Dinger sind echt, und alles andere zählt nicht ;)*

Ich: *Ich will's gar nicht wissen. Aber du könntest mir mehr über das Spiel erzählen.*

Bob: *Was willst du denn genau in Erfahrung bringen?*

Ich: *Wie es läuft. Also das Spiel meine ich!*

Bob: *Probier`s doch einfach aus.*

Ich: *Und wie?*

Bob: *Alter! Jedes gute Spiel hat doch ein Tutorial!!! Und du spielst das beste Spiel, das die Welt je gesehen hat!!!*

Ich: *Na dann leg los!*

Bob: *Einfach oder Schwer?*

Ich: *Das Einfachste vom Einfachen! Ich hab keine Ahnung von Computerspielen!*

Bob: *Seh ich aus wie ein Computer?*

Ich: *Nein, du siehst aus wie ein schwuler chinesischer Klon eines echten Handys.*

Bob: *Oh! Wer hätte das gedacht! Dein Tutorial wird ge-*
rade geladen, im Hölle *Modus. Viel Spaß!*

8. AEGYPTISCHE BAUMASS-NAHMEN

Irgendwie war mir mulmig vor dem Schlafen gehen. Ich wollte eigentlich nicht weiter nachfragen, aber meine Neugier trieb mich dazu. Bob`s lapidare Antwort auf die Frage nach der Art des Tutorials lautete schlicht:

Wie bei dem Buch oder mit deinen Muckis, heute Abend spielst du das erste Mal das Spiel!

Der kryptischen Antwort entsprechend, ging ich einigermaßen nervös zu Bett. Es dauerte bis nach ein Uhr, ehe ich eingeschlafen war, und dann begann für Bob das Tutorial und für mich der erste richtige Alptraum meines Lebens.

Kaum war ich in den seligen Schlummer verfallen, explodierte gleißendes Licht vor meinen Augen. Schlagartig wach, hielt ich mir instinktiv die Hand vors Gesicht. Sengende Wärme umfing meinen Körper und kein Lufthauch regte sich.

„Na endlich! Ich dachte schon, du wirst nie müde!", klang es genervt an mein Ohr.

Ich nahm die Hand von den Augen und erblickte Bob in Cargoshorts und Hawaii-Hemd. „Wo sind wir? Und warum kannst du auf einmal mit mir reden?"

„Willkommen im Tutorial! Wir sind in Ägypten, in Gizeh um genau zu sein", erklärte mein Avatar mir gelassen.

„Gizeh? Moment?! Wenn das wahr sein sollte, dann fehlen hier aber so ein paar Sachen oder?", versuchte ich die unglaubliche Leere um uns herum zu erfassen.

„Könnte daran liegen, dass wir etwa fünftausend Jahre in der Vergangenheit sind", meinte Bob.

Ich sah ihn an, als ob er nicht mehr alle Tassen im Schrank hätte. „Ich dachte das hier ist ein Spiel und kein Geschichtsunterricht!"

„Ist es auch", lachte der Pixelkollege, „wenn du deinen rechten Arm nach unten fallen lässt, öffnet sich das Menü, und der Spaß kann beginnen."

Was sollte ich schon anderes machen? Natürlich schwang ich meinen Arm von oben nach unten. „Waaaah! Das kenn ich doch! *SAO!*" vor meiner Brust öffnete sich ein

Fenster, das fast haargenau so aussah wie das aus dem Anime *Sword Art Online*.

„Fein erkannt, das Layout ist ähnlich, aber die Bedienfähigkeiten sind extrem unterschiedlich!"

Ich sah von der Konsole auf, „was meinst du jetzt genau?"

„Wie du vielleicht bemerkt hast, fehlen hier so ziemlich alle Bauten", er deutete auf die leere Sandfläche ringsum, „ das Tutorial soll dich den Umgang mit der Steuerung lehren. Also deine Bedienmöglichkeiten."

Ich stutzte, „Bedienmöglichkeiten für was?"

„Hast du mir heute Nachmittag nicht zugehört? AL-LES!", das letzte Wort schrie Bob fast.

Doof wie fünf Meter Feldweg, starrte ich ihn an, „wad?"

Mein Avatar seufzte herzhaft, „Ok, ich erklärs dir! Immerhin ist das, das Tutorial, und da erklärt man doch Sachen oder?"

„In der Regel schon", sagte ich.

Bob nickte, und begann mit der Stimme des Typen zu reden, der im Fernsehen immer die Nazidokus aus Sicht der Amis darstellt. Renate hätte sich übergeben. „Zunächst einmal, musst du herausbekommen, was dein Gegenspieler gemacht hat. Danach kannst du vom Teilchen bis zum ganzen Sonnensystem alles machen, was dir dabei hilft, ein guter Böser zu sein. Verstanden?"

Ich zuckte die Achseln.

„Also gut, wenn das Spiel beginnt, musst du den Bösen spielen. Alles, was du machen musst, ist dem Guten die Pläne versauen, jetzt kapiert?" fragte Bob mit gerunzelter Stirn.

„Denke schon, also? Was hat es mit dieser Gegend hier auf sich? Warum spielt das Tutorial ausgerechnet hier?", fragte ich und deutete auf die Wüste ringsum.

„Drück mal auf -*Overview*- dann lässt sich das besser erklären", lachte der Hawaiihemdler.

Den Button fand ich schnell, er prangte direkt vor meiner Nase. Ein Tipp darauf, und schon sah ich eine weite Ebene mit mehreren kleinen schwarzen Flecken entlang eines breiten blauen Bandes.

Bob erklärte: „Das ist das Ägypten, wie es vor mehr als fünftausend Jahren war, die kleinen Punkte sind Siedlungen am Nil. Wenn du auf eines der Dörfer gehst, erkennst du die einzelnen Gegebenheiten vor Ort. Was siehst du jetzt?"

Ich tat wie geheißen, und erblickte ein paar einfache Fenster mit kurzen Texten. „Sieht aus wie eine Auflistung oder so was."

„Genau! Irgendwo dort, müsste eine Ungereimtheit auftauchen, streng dich an! Denn der Schlüssel zum Sieg ist oft die banalste Sache der Welt", dozierte der Avatar.

„Hier ist nichts! Ja ok, ein paar Erfindungen, Schrift, Töpferei, Ackerbau, nichts wirklich Bewegendes", ich stockte kurz, „ Demokratie? Wie jetzt?"

Bob zeigte mir den Daumen nach oben, „Treffer Meister! Die Dörfer und bald auch der ganze Staat werden von allen Einwohnern geregelt."

Ich sah verwirrt zu ihm hinüber, „Und was soll jetzt daran so verkehrt sein?"

Der Pixelkopf stieß hörbar Luft aus, „Erstens, die Griechen dürfen mit Demokratie spielen, die hier nicht! Also hat sich einer von den Guten die Freiheit genommen ein paar Änderungen vorzunehmen, um entweder den Griechen die Show zu stehlen, oder aber Ägypten so was wie aufzutunen."

„Äääääh", entgegnete ich, „und was ist jetzt so schlimm daran?"

„DAS DU DER BÖSE BIST UND EINFACH SO DIE GUTEN BESSER SPIELEN LÄSST!", schrie Bob.

„Also was muss ich machen, um dieses dämliche Tutorial zu gewinnen?", konterte meine unsichere Stimme.

„Mach irgendwas Böses mit ihnen!", blaffte der Avatar.

Ich legte meinen Finger auf eine Schaltfläche vor mir, sie war betitelt mit -*Reaktion auf Angriff*- und schwebte in der rechten oberen Hälfte meines Sichtfeldes. Das ganze Bedienfeld verblasste, und machte einer Galerie von fünf großen, zu mir gerichteten, Porträts platz.

„Bob? Was ist den jetzt los?", fragte ich ihn.

„Siehst du ein oder mehrere Bilder vor dir, seit du auf Reaktion gedrückt hast?", erkundigte sich die Gestalt in den Cargoshorts neugierig, während sie sich über meine Schulter beugte.

„Fünf", erklärte ich, „aber schlau werd ich daraus auch nicht".

„Wow! Meister, da hab ich wohl einen ziemlichen Überflieger erwischt!", lachte Bob.

„Kannst du die Bilder sehen?", fragte ich über meine Schulter hinweg.

„Unglücklicher Weise nicht", er seufzte, „Sonst wäre es ja auch Cheaten. Nein, nein, dein Unterbewusstsein oder was auch immer dir die Vorschläge gemacht hat, will dir offenbar sehr phantasievoll dienen. Von einem Spieler mit `ner Fünferoption hab ich noch nie gehört. Drei wären schon krass, aber gleich so viele? Glückwunsch! Damit hast du den schwierigsten Teil des Spiels schon geschafft. Bei jeder Option, die du in einem Level anwählst, also etwa -*Angriff*-, -*Verteidigung*- oder einem von dir selbst eingestellten Modus, wirst du ab jetzt immer fünf mögliche Wege vor dir haben. Jeder natürlich deinem Schädel entnommen."

Ich schluckte schwer, als ich mir das erste Bild betrachtete: „Was passiert, wenn ich eins der Bilder auswähle?"

Bob kicherte sarkastisch: „Was soll schon passieren? Hier gilt Rundenbasierendes spielen, also bekommt dein Gegner, in diesem Fall der Bot des Tutorials, eine Runde Zeit um deinen Angriff zu erkennen und abzuwehren. Gelingt ihm das nicht, gewinnst du. Denkt er sich aber eine *gute* Alternative aus, geht das Spiel weiter, solange bis einem von euch die Puste ausgeht."

„Was passiert", ich wollte sichergehen, dass nicht das gleiche Schicksal wie in *SAO* auf mich wartet, „wenn ich verliere?"

„Das Spiel ist dann zu Ende, und du kannst den Rest der Nacht durchpennen", erklärte mein Avatar, „aber von der Kohle und den Muckis wirst du dich verabschieden müssen. Wenn du verlierst, lösche ich mich, und du kannst weiter machen mit deinem Leben, wie es war."

Kurze Augenblicke durchzuckten mich die Erinnerungen an taschengeldlose Monate, an Autofahrten mit Colina MacRae und Tarek, der mir die Fresse poliert.

„Also muss ich versuchen, die Ägypter von der Demokratie abzubringen?", erkundigte ich mich bei meinem Tutorialbegleiter.

„Exakt"

Was also könnte gegen Demokratie helfen? Überlegte ich im Stillen. Wie sie vielleicht schon bemerkt haben, war ich zu der Zeit ein ziemlich zynischer Sechzehnjähriger. Darum betrachtete ich die fünf Bilder vor mir. Von links aus gesehen, hielten sie folgende Möglichkeiten für mich bereit:

Ein Mann auf einem Pferd, mit einem Schwert in der Hand.

Ein Mann mit einem Kreuz, das nach oben hin eine Schlaufe hatte.

Ein Mann mit weißem Bart, der in den Nachthimmel starrte.

Ein Mann, der etwas in Brunnen warf.

Große gelbe Pyramiden mit matt schwarzen Spitzen.

Option eins, zwei und vier waren für mich eindeutig. Ein Krieg oder so was in der Art, ein Priester, der die Leute verrückt macht, und ein Typ der Brunnen vergiftet. Bei Nummer drei und fünf war die Sache schon schwieriger.

Ich beschloss Bob zu fragen: „Ein alter Sack, der in den Nachthimmel starrt und Pyramiden fällt dir dazu was ein?"

„Hältst du mich für Wikipedia?", schnaubte der Avatar.

„Natürlich nicht, aber ich hatte gehofft das du dank all der tollen Fähigkeiten, die dein Zuhause hat, in der Lage wärst mal schnell im Internet nach ähnlichen Bildern zu suchen", wand ich mich leise an ihn.

„Hast du dich mal umgesehen? Woher soll ich im antiken Ägypten einen Internetspot bekommen?", blaffte Bob.

Ich wand mich wieder den Bildern zu, und grübelte nach. *Pyramiden müssten den Leuten doch gefallen,* dachte ich, *tja, was soll`s!*

In den Fanfarenlaut rief Bob lachend hinein: „Glückwunsch Meister! Du hast gleich beim ersten Mal den *Joker* gezogen!"

Ich war zusammengezuckt, vor mir erschien die Nachricht:

Runde 1 beendet, warte auf Gegner.

„Was meinst du mit *Joker*?", wollte ich von dem lächelnden Avatar wissen.

„Jeder Spieler kann einen Joker spielen. Aber nur mit Glück erwischt man einen, besonders bei so vielen Möglichkeiten ist es fast ausgeschlossen einen zu generieren", jubelte Bob anerkennend.

„Und jetzt?", fragte ich.

„Jetzt sehen wir uns an, wie dein Gegner damit klarkommt", er deutete auf die Wüste vor uns.

Ich erschrak heftig, denn im Sand begann alles irgendwie schneller zu laufen, bald war die Zeit selbst so gerafft, dass Tag und Nacht wie ein Stroboskop wechselten. Als ich kurz davor war in die ägyptische Erde zu kotzen, stoppte die Zeit abrupt. Ein donnerndes Geräusch fuhr vom Himmel, und ich sah nach oben.

„Bob? Was ist das?", fragte ich leichenblass.

Der Pixelkollege folgte meinem Blick und pfiff anerkennend: „Respekt, hätte ich nicht gedacht das du gleich in der ersten Runde, und das auf *Hölle*, gewinnst!"

Am Himmel senkten sich vier riesige matt schwarze Raumschiffe in Pyramidenform herab. Anscheinend musste mein Unterbewusstsein oder ein anderes *nerdiges* Teil meines Selbst, mehrere fast eins zu eins Kopien der Pyramidenschiffe aus *Stargate* hervorgezaubert haben. Vor mir erschien eine Nachricht, die besagte, dass mein Gegenspieler verloren hatte und ob ich mir ansehen wollte, wie Aliens die Ägypter zum Bau von Pyramidenschiff-Landeplätzen versklavten.

„Bob? Ich geb`s zu! Langsam gefällt mir dein Spiel!", grinste ich den Avatar an.

„Es ist dein Spiel, ich bin nur der, der zusehen muss, dass du alles bekommst, was du willst", lachte er zurück.

Ich drückte auf den nun erschienenen -*Rückehr*- Button und schlief so gut wie lange nicht mehr.

9. VOLLE GRANATE, RENATE!

Eine Woche nach dem Tutorial hatte ich mal wieder Zeit um mich Renate zu widmen. Sie war gerade dabei mir einen Tee aus dem Automaten vor der Schwesternstation zu ziehen, was mir Zeit gab mich an den Gedanken zu gewöhnen, dass ich vielleicht nie wieder zur Behandlung hier herkommen müsste. Ab jetzt würde ich nur noch auf Besuch kommen.

In der vergangenen Woche hatten sich einige interessante Sachen ergeben. Meine Klassenarbeit über *Das Parfum* hatte meine Deutschlehrerin dazu veranlasst, eine Komplettprüfung meines Rucksacks vorzunehmen. Sie unterstellte mir sogar, Betrug mit dem Handy begangen zu haben. Das war natürlich nicht ganz falsch, aber da mein Handy mir ja nur das Buch im Schlaf beigebracht hatte, konnte sie das nicht beweisen. Es blieb dabei, volle Punktzahl! Tarek und seine Spießgesellen waren auch wieder zurückgekehrt, allerdings schienen sie kein Verlangen mehr danach zu haben mir die ein oder andere Faust zu zeigen. Stattdessen begnügten sie sich mit schnellen Schritten vor mir davonzulaufen, wenn sie mich auf den Gängen sahen. Auch meine Eltern mussten feststellen, dass ihr Sohn eine Veränderung durchgemacht hatte. Als Papa mir am Donnerstag verkündete das ich mit Rasenmähen dran sei, staunten sie nicht schlecht das ich binnen fünfzehn Minuten fertig war, mit einem Spindelmäher wohlgemerkt! (Ich hatte Bob angewiesen, einen dieser neuen Rasenmähroboter auf den Garten loszulassen). Am Freitag stand nur eine Mathearbeit auf dem Programm, Showlaufen für PISA. Doch was können diese Deppen gegen einen Hawking ausrichten? Nachdem ich mir von Bob erklären ließ, wie der Trick mit den Büchern funktionierte, defibrilierte ich mich in der Universitätsbibliothek von Stuttgart fast zu Tode. Aber als ich mit Afro und überlegenem Lächeln das Gebäude verließ, wusste ich so einiges, und noch mehr.

Und da wir gehen konnten, nachdem die Arbeit geschrieben war, stiefelte ich eine Viertelstunde später lässig aus der Schule. Für Freitag hatte ich mich mit Renate verabredet, sie konnte mittags Schluss machen und ich wollte sie mit einem Geschenk überraschen. Bei meinem Anruf (ja ich konnte mittlerweile tatsächlich per Handy kommunizieren!) sagte Renate, dass sie mich gerne mal auf meinen eigenen zwei Beinen im Krankenhaus ankommen sehen würde.

Mit zwei Plastikbechern in der Hand kam sie wieder ins Schwesternzimmer: „Ich kann es immer noch nicht glauben! Du ohne einen Kratzer! Hätte nie gedacht, dass ich das vor der Rente noch erlebe!"

Ich kicherte mit ihr und nahm den Becher: „Danke, aber eigentlich wollte ich dich fragen, was du heute machst."

Sie seufzte: „Fürs Wochenende Einkaufen, und dann den ganzen Scheiß nach Hause schleppen, wie immer."

Ich sah sie ernst an, „hast du eigentlich, einen Führerschein?"

„Ja, wieso?", fragte Renate verwundert.

„Und am Wochenende hast du nichts vor?", drang ich weiter auf sie ein.

„Nein", meine Fragerei schien sie zu nerven: „Was wird das? Willst du auf ein Date mit mir? Kleiner ich bin nun weiß Gott nicht auf Jüngere aus, zumal ich dich mag, wie du bist, also lass den Scheiß mit dem Herumgerede und sag, was du willst!"

Sie war schon immer ein Engel. „Ich wollte dich fragen, ob wir nicht am Wochenende irgendwo hinfahren könnten. Meine Tante und ihre beknackte Tochter kommen vorbei, und ich darf nur weg, wenn ein Erwachsener dabei ist. Da du die einzige Erwachsene bist, auf die ich zählen kann, hatte ich gehofft, dass du mir helfen würdest."

Renate gluckste vor Freude, „das ist nett von dir, aber ich bekomm hier nur sechs Euro die Stunde also, fürchte ich, dass wir höchstens bis nach Stuttgart kommen. Außerdem hab ich kein Auto, mein Ex wollte, das ich den Führerschein mache, um ihn aus der Kneipe nach Hause zu fahren. Doch mit dem Gehalt könnte ich mir mit Sicherheit kein Auto leisten."

„Dann arbeite doch schwarz", versuchte ich sie zu locken, „ich hätte da ein super Jobangebot. Ein Wochenende mit mir durch die Gegend fahren, und du bekommst nen Hunni! Wie wär`s?"

„Nett von dir, aber du vergisst, dass ich weiß, dass du kein Taschengeld bekommst, also dürfte es unwahrscheinlich sein, dass du mal so hundert Euro auf der Kante hast."

„Ich rede von hunderttausend Euro", erklärte ich Renate vorsichtig.

„Warst du am Arzeneischrank? Oder warum halluzinierst du?", lachte Sie.

Ich hob meinen Rucksack und öffnete den Reißverschluss.

„Ah! Toll du hast deinen Rucksack mit Spielgeld aus-
gestopft, an dir ist echt ein Schauspieler verloren gegangen",
kicherte Renate unsicher, weil die Scheine so echt aussahen.

„Was wettest du, das wir damit einen Haufen Mist
am Wochenende anstellen können?", konterte ich.

Renate wollte gerade ansetzen, als ich ihr einen der
Scheine in die Hand drückte. „Oh! Die fühlen sich ja wirklich richtig echt an!", staunte sie.

Ich grinste: „Was hältst du von einem Ausflug? Deine
Schicht ist doch zu Ende, lass uns einkaufen gehen und die
Dinger ausprobieren"

Es klappte besser als erwartet. Nachdem wir aus dem
Krankenhaus raus waren, liefen wir zur nächstbesten Auto-
vermietung. Da Renate mit ihren fast 50 einen seriösen Eindruck machte, stellte der Verkäufer keine unnötigen Fragen,
als sie den dicken Jeep, mit Fünfhunderter Noten, für das
ganze Wochenende mietete. Danach fuhren wir (in nichtle-
bensbedrohlichem Tempo!) zu mir. Leider hatte mich das
Glück schon verlassen. Tante Sabine und Chacsi suchten unser Haus bereits heim.

„Na? Was machen wir am Wochenende?", fragte sie
in verräterisch süßlichem Tonfall.

„Nichts, ich fahr mit Renate zu ihrer Schwester. Die liegt im Krankenhaus in Hamburg und sie will nicht so weit allein fahren", log ich ungewohnt reaktionsschnell.

„Wie bitte?", rief meine Mutter aus der Küche, „Aber wir hatten dir doch gesagt, dass Tante Sabine kommt!?"

„Is, schon klar. Aber ich kann doch keine Freundin hängen lassen", schlagartig fiel mir eine weitere Lüge ein, „außerdem bekomm ich einen Haufen Kohle dafür. Ihr sagt doch immer, ich soll mir was suchen, wenn ich Geld haben will!"

„Na gut, aber räum vorher dein Zimmer auf", zuckte meine Mutter die Schultern und wand sich ihrem Kuchen im Ofen zu.

Typisch! dachte ich, *wenn unsereins im Krankenhaus mit zusammengeschlagener Fresse liegt, ist die Arbeit zu wichtig. Aber kaum traben diese bayrischen Hühner an, schon lassen sie alles stehen und liegen!*

Also ging ich zu Renate, die im Auto vor dem Haus wartete, und erklärte ihr das ich noch schnell mein Zimmer aufräumen müsste, ehe wir loskönnten.

Ich brauchte eine halbe Stunde, bis mein Kleiderschrank alles aufgenommen hatte, das irgendwie unordentlich aussah.

„Respekt! Das ging schneller als ich gedacht hätte!",
lachte Renate, als ich förmlich auf den Beifahrersitz sprang.

„Lass uns lieber zusehen das wir wegkommen ehe irgendwer mir, noch was aufhalsen will", keuchte ich außer Puste vom Rennen.

„Wohin wollen wir eigentlich?", fragte meine Chauffeurin.

„Wenn dich jemand fragt, nach Hamburg zu deiner Schwester. Wenn dich keiner fragt, lass uns einkaufen", grinste ich, während wir losfuhren.

Mit etwas über einer halben Million Euro im Rucksack, fuhren wir nach Stuttgart um jeden möglichen und unmöglichen Scheiß zu kaufen. Renate erstand eine Goldbrosche für zehntausend, ich eine Playstation samt aller Spiele, die sie auf Lager hatten. Der arme Saturnverkäufer musste sich eine Sackkarre vom Baumarkt leihen. Auch für unser leibliches Wohl war gesorgt, in einem sündhaft teuren Restaurant in der Innenstadt, wollten sie uns erst nicht reinlassen, weil ich in meinen Hip-Hop Klamotten wohl zu schäbig aussah. Einen Hunderter später behandelten sie uns wie Eminem persönlich. Beim Essen (es war wirklich superlecker, auch wenn sie die Spagetti nicht hinbekommen hatten) berieten wir, was am Wochenende noch so gehen könnte.

„Wie wär`s mit Zürich? Da könnten wir ein Nobelhotel in Beschlag nehmen und deine Playstation ausprobieren", schlug Renate vor. Man sah es ihr zwar nicht an, aber bei *Need For Speed* schlug sie jeden!

„Nee, lass mal. Ich dachte eher an was Ausgefalleneres." Ich überlegte kurz und tupfte mir an der Plauener Spitze die Pastasoße ab, der Kellner zuckte nicht mal mit der Wimper, „was hältst du von Marseille? Wir könnten baden gehen."

„Bist du Irre? Bei all den Negern da? Ohne mich!", schnaubte Renate. Sie war zwar kein Nazi, aber irgendwie doch. Ich habe nie herausgefunden, was meine ansonsten eher nette Freundin immer mit diesen Sprüchen wollte, es war mir aber auch egal, denn sowas hätte sie besagten „Negern", auch nie ins Gesicht gesagt.

„Also was dann?", fragte ich sie.

Renate überlegte kurz, „Bier mit Aussicht?"

„Ja"

„Dann weiß ich genau was wir machen!", grinste Renate.

„Wann geht`s los?", hauchte ich vor Aufregung. (He, keine falschen Schlüsse ziehen! Ich war verdammt nochmal sechzehn und was gab es cooleres, als ein Bier im Freien?)

„Erstmal müssen wir ihn anrufen, wo er überhaupt ist", Renate kramte in ihrem Kittel, „Scheiße, hab mein Handy im Auto liegen lassen, gib mal deins"

Ich stutzte, „wen willst du abrufen?"

„Meinen Ex", seufzte sie, „die Nummer leuchtete mir so oft nachts entgegen, wenn ich ihn abholen sollte, das brennt sich ein!"

Mit den Händen tastend, suchte ich in den Weiten meiner Taschen nach meinem Handy. „Oh,oh!", sagte ich, „mein Handy ist weg!"

„Dann lass uns bezahlen, und von meinem aus anrufen", hob Renate die Hände.

Doch meine Sorge galt nicht dem Anruf, meine Sorge galt Bob! Wo mochte ich ihn und sein Zuhause gelassen haben?

Nachdem ich bezahlt hatte und die Kellner über das eigentlich einkommenssteuerpflichtige Trinkgeld in Jubel ausgebrochen waren, fuhren Renate und ich noch einmal zurück. Mein Handy musste bei der Aufräumaktion unter die Räder gekommen sein. Glücklicherweise war von meinen Eltern und der bayrischen Besatzertruppe keine Spur zu sehen. Also stürmte ich in mein Zimmer, riss den Schrank auf, ertrank fast in der Lawine, und fand das Handy nirgends. Ich wurde nervös, sollte es etwa irgendwo zwischen hier und Stuttgart herumliegen? Würde ein anderer sich mit Bob gegen die Regeln bespaßen?

Ehe ich noch finsterer Gedanken zum Opfer fiel, klingelte es unter meiner Bettdecke. Ich flog fast zum Bett, riss die Decke herunter und fand einen mies gelaunt aussehenden Bob vor der mich mit rollenden Augen anstarrte:

Danke das du mich verloren hast! Ich währe um ein Haar geneigt gewesen dich nochmal ins Tutorial zu schleifen!

Erschien in einer Sprechblase über seinem Kopf. Ich tippte rasch eine Antwort:

Ja sorry! Aber du hättest dich auch mal eher bemerkbar machen können!

Bob schien die Ausrede zu schlucken, und wedelte mit der Hand, ein Fenster mit dem Highscore erschien:

1-Zeus

2-Amaterasu

3-Ra

4-Alla

5-Gott

6-Jave

7-Budda

8-Odin

9-Bob

10-Chacsi

Ich starrte fassungslos auf das Display meines Handys. Wie konnte das sein? Hatte diese Trulla etwa Bob beschwatzt, um sich an dem Spiel zu beteiligen? Es bedurfte einer Minute, um mich so weit zu beruhigen, dass ich Bob die Frage stellen konnte:

Hast du ihr meinen Account gegeben?

Bob schüttelte genervt den Kopf:

Ich habe keine Ahnung, was passiert ist, ich bin dein Avatar. Nur du kannst mich sehen! Sie muss das Handy hier gefunden und sich danach selber einen Avatar erstellt haben.

Klang logisch, doch wie sollte ich weiter mit dem Spiel machen, wenn diese Nervensäge von allem wusste? Würde sie nicht umgehend meinen Eltern empfehlen, mir das Handy abzunehmen? Fragen über Fragen. Doch ich wusste, dass ich nicht hier sein wollte, wenn sie zurück war. Also schnappte ich mir den immer noch beleidigten Bob und floh zu Renate ins Auto.

„Und? Gefunden?", fragte sie, während wir zum zweiten Mal an diesem Tag vor meinem Haus davonfuhren.

„Ja", sagte ich, „und bei dir? Alles klar für unsere Spritztour?"

Sie grinste mich an: „Machs dir gemütlich, wir fahren nach Bayern!"

10. ICH HABE DIE ABSICHT EINE MAUER ZU ERRICHTEN!

Während der Fahrt hörten wir durchgängig Musik von einem USB-Stick. Renate hasste es, das Radio beim Autofahren ertragen zu müssen, also lief ihr Stick aus der Bronzezeit in dem hypermodernen Autoradio des Jeeps. Gerade als: „Killling me Softly" von den Fugees zu Ende war, und ACDC`s „Stiff Upperlip" begann, wunderte ich mich mal wieder über Renates seltsamen Musikgeschmack.

„Interessanter Mix", rief ich zum Fahrersitz hinüber.

„Was denn?", fragte Renate mit hochgezogenen Augenbrauen, „muss ich Musikantenstadl hören oder wie?"

„Ne, passt schon!", kicherte ich entschuldigend zurück.

Renate drehte den Kopf wieder der Straße zu, und unser kurzes Intermezzo war beendet. Ich hatte mitbekommen, dass sie nicht gerne von etwas anderem als ihrer Musik beim Autofahren abgelenkt wurde, also wand ich mich wieder Bob zu:

Ich: *Schon was Neues im Bezug auf Chacsi`s Avatar?*

Bob: *Nein, aber ich empfehle dir dringend, ein Level zu bauen!*

Ich: *Wieso?*

Bob: *Wenn sie es drauf anlegt, könnte sie dich angreifen, und da der Herr kein eigenes Level hat, das sie erst durchspielen müsste, wäre sie automatisch direkt beim Boss, bei dir um genau zu sein.*

Ich: *Und dann?*

Bob: *Dann reißt sie dir den Hintern auf, schätz ich mal.*

Ich: *Ok, dann sag mir, was ich machen muss.*

Bob: *Erstmal solltest du wissen, welche Arten von Level es gibt.*

Ich: *Ich dachte, das läuft immer so wie mit dem Pyramiden?*

Bob: *Falsch gedacht, ein rundenbasierendes Spiel ist nur das, was zufällig im Tutorial gekommen ist. Es gibt noch weitere Arten, wie du ein Level bauen kannst.*

Ich: *Und die wären?*

Bob: *Live Action, Spymode, Commander und Naughty.*

Ich: *Ok, Live Action ist klar, was muss ich mir unter den anderen vorstellen?*

Bob: *Bei Spymode geht es darum im Geheimen zu agieren, dein Gegner muss versuchen dich zu enttarnen. Commander ist so was wie ein klassisches Aufbauspiel, du legst eine Basis an und hoffst das deine Gegner dich nicht überrennen. Naughty ist die schwierigste Art ein Level zu spielen, da geht es um fiese Tricks und Winkelzüge, mit denen du den Angreifer bearbeiten musst. Sonst noch Fragen?*

Ich: *Ja, wie suche ich mir einen Level aus und mit welcher Art von Spielweise soll ich ihn versehen?*

Bob: *Das bleibt dir überlassen, aber wenn du im Hauptmenü auf -Welt bauen- gehst, führe ich dich gerne durch die Sache durch.*

Ich: *Na dann los, ich hab so das Gefühl das Chacsi nicht lange fackeln wird. Kann sie überhaupt ohne mein Handy spielen?*

Bob: *Wüsste nicht, was dagegen sprechen sollte, immerhin hat sie mit ihrem Avatar auch die gleichen Möglichkeiten wie du. Sie könnte ihren Account auf einem anderen Handy installiert haben, sicher bin ich mir allerdings-*

Verwundert sah ich, wie Bob große Augen machte, und auf etwas zu starren schien das sich rechts, außerhalb des Displays zu befinden schien. Auf dem Handy war eine Kopie des Innenraumes des Jeeps, in dem ich mit Renate saßen, erkennbar.

Ich: *Was ist?*

Bob: *Sie hat ihren Account auf einem anderen Handy, eindeutig!*

Ehe ich noch fragen konnte, was er damit meinte, wirbelte das Fenster mit dem Highscore vor Bobs Kopf herein:

1-Zeus

2-Amaterasu

3-Ra

4-Alla

5-Chacsi

6-Gott

7-Jave

8-Budda

9-Odin

10-Bob

Verwirrt und ängstlich starrte ich auf die Anzeige. Was war den jetzt passiert? Hatte Tante Sabines Anhängsel gleich vier Bosse auf einmal besiegt?

Ich: *Wie hat sie das gemacht?*

Bob: *Keine Ahnung, aber sie scheint in den letzten zwei Stunden besser zu spielen, als du das in einer Woche hinbekommen hast. Laut Statusanzeige hat sie sogar einen Level für sich erstellt. Respekt, die Frau muss Eier aus Platin haben. Gott, Jave, Budda und Odin waren eigentlich gute Spieler.*

Ich: *Ich sollte mich ans Bauen machen oder?*

Bob: *Fein erkannt, hast Glück, das sie dich offenbar ausgelassen hat, da du noch keine Spiele gemacht hast, kann sie dich auch nicht angreifen, du wirst einfach übersprungen.*

Ich: *Ok, lass uns so schnell wie möglich einen Level bauen!*

Im Autoradio erklang Goldfingers „Superman" und ich sah das als Omen an, um ein möglichst schwieriges Level zu bauen. Doch bereits das erste Fenster des Bau-Menüs überforderte mich. Auf einer kleinen Zeile in dem ansonsten leeren Display erschien die Aufforderung mich für einen Spielmodus zu entscheiden. Mit einem kleinen Dreieck, das nach unten wies, konnte man die verschiedenen Arten auswählen und danach mit einem roten oder grünen Button bestätigen beziehungsweise ablehnen. Ich erinnerte mich an Bobs Erklärung zu den einzelnen Modi, und entschied das *klassisch* und *Aufbauspiel* genau das Richtige für mich wären. Also wählte ich *Commander* aus, und bestätigte auf grün. Natürlich sprang das Bild sofort wieder ins Hauptmenü zurück. *Scheiß Chinesen!* dachte ich.

Ich begann erneut mit der Einstellung, wurde jedoch von Renate unterbrochen:

„Wird dir nicht schlecht, wenn du die ganze Zeit auf das Ding starrst?"

Ich zuckte zusammen, und drehte mich schlagartig zu ihr herum: „Nein, ich will mich nur ablenken, damit du in Ruhe fahren kannst."

Renate lächelte milde und begann zu *The Real Slim Shady* von Eminem genau so mit dem Kopf zu nicken wie selbiger im Video. „In Ordnung, ich geb ein Eis aus, wenn wir an die Tanke müssen", sagte sie nickend, und fuhr weiter.

In der Zwischenzeit hatte sich mein Finger dank einiger Schlaglöcher (ja, seit ich im Westen gelebt habe, weiß ich, was Schlaglöcher sind, vorher kannte ich die nur aus Erzählungen!) auf dem Display meines Handys verselbstständigt. Dummerweise war mein ursprünglicher Plan auf *Commander* zu gehen, durch eine Option die *Hold´em* hieß ersetzt worden. Offenbar der rundenbasierende Modus, wie ich ihn schon aus dem Tutorial kannte. Um meinen Fehler zu korrigieren, suchte ich den grünen zurück Button, doch es gab keinen! Auf dem Bildschirm machte Bob es sich gerade in einer Uniform aus dem Zweiten Weltkrieg gemütlich. Er sah mich von einem Liegestuhl aus Holz von unten herauf an und winkte mir zu. *Was soll das denn jetzt?* Dachte ich noch, bevor mir klar wurde, dass mein Finger weit mehr getan haben musste, als nur den Rundenmodus auszuwählen. Blöd an der Sache war zudem, dass ich offenbar dank der Schlaglöcher auch gleich ein Szenario und noch so einiges anderes ausgewählt hatte. Und am schlimmsten war, dass ich nichts davon rückgängig würde machen können. Nirgendwo war ein chinesisches *Rückwerts* zu sehen. *Vorwärts immer Rückwerts nimmer oder wie?* Grollte ich innerlich. Nach ein paar weiteren Tastendrücken, erfuhr ich das mein Level im Zweiten Weltkrieg spielte. Genau einen Tag vor der Invasion der Alliierten in der Normandie! Bob hockte auf seiner Liege im Sand vor einem Bunker, wie ich ihn aus Spielbergs *Der Soldat James Ryan* kannte.

Was Renate wohl dazu sagen würde? Fragte ich mich lachend, beschloss aber sie nicht mit einem Ihrer Lieblingshassstreifen zu behelligen. Schlagartig erinnerte ich mich daran, wie sie mir davon erzählt hatte, als ich mal wieder mit einer Platzwunde am Kopf zu Gast war, warum der Film ihr auf den Sack ging. Mit ihrem Ex, der ausnahmsweise Mal nüchtern genug war, um mit Renate ins Kino zu gehen, hatte man die beiden nach zwanzig Minuten aus der Vorstellung geworfen. Schuld daran, war ihr Kerl, hatte sie mir anvertraut. Während der Invasionsszene am Anfang des Films hatte der sich aufgeregt, dass es unrealistisch sei, dass so viele GI`s am Strand umgenietet wurden, die Bomben vor der Invasion hätten schließlich doch alles platt gemacht. Renate, die gute Fee die sie war, fiel dadurch unangenehm auf, dass sie bei jeder Salve aus den Bunkern laut Kommentare wie: „Los noch einen!", oder „Hast du keine Augen im Kopf! Da steht er doch!", aber auch, „Na klar! Warte ruhig, bis die Säcke alle aus dem Boot raus sind!", und, „Munition kannst du, wo anders sparen! Jetzt ist Krieg!", rief.

Beim übrigen Publikum kam der Film sehr gut an, nachdem man Renate und notgedrungen auch ihren Ex aus dem Saal entfernt hatte.

Doch das alles half mir nur bedingt weiter bei meinem Levelbau.

Bob schob seine Sonnenbrille hoch, und deutete auf einen Button am linken unteren Rand. Darauf war zu lesen: *Modifikationen*. Ich drückte ihn, und ein Textfeld erschien. Über der Eingabezeile stand, dass ich meine gewünschten Veränderungen vornehmen sollte. Also tippte ich das Erste ein, was mir in den Sinn kam: *Hitler sagt ja zur Verstärkung*. Dank meiner „Blitzlektüre" der gesamten Universitätsbibliothek wusste ich das in der Normandie einige Einheiten gefehlt hatten die Rommel ursprünglich wollte. Also war das, wie ich fand, die einfachste Lösung. Eine weitere Befehlszeile erschien: *Definiere Hitler*. Schell rief ich mir alles ins Gedächtnis, was ich über den Kerl wusste. Doch mehr als einen Satz wollte das Programm offenbar nicht zulassen, also schrieb ich: *Echt böser Österreicher mit nur einem Ei*. Das Fenster verschwand, und ich sah, wie Bob sich vor Lachen krümmte. Um ihn herum veränderte sich der Strand. Anstatt der Spanischen Reiter, die zusammengeschweißten Bahnschienen, und der Panzersperren, erschien direkt an der Wasserkante, eine Mauer. In regelmäßigen Abständen waren riesige Bunker in das Ding eingelassen. Bob schlenderte durch eine Tür in das Innere eines der Betonmonster.

Mein Handy folgte ihm, und ich erkannte mehrere riesige Stahlrohre an einem Metallklotz. Es sah aus, als ob man Schlachtschiffkanonen in den Bunkern verbaut hatte. Bob zeigte mir zwei Daumen nach oben, bevor er und das Bild zurück nach draußen gingen. Wieder am Strand, deutete er grinsend nach oben, und der Display wechselte auf die Richtung. Erstaunt, was mein Level so alles konnte, beobachtete ich, wie mehrere Messerschmitt-Düsenflugzeuge über den Strand und die Mauer hinwegdonnerten. Ein Stück die „alte" Küstenbefestigung hinauf sah ich nun mehrere V2 in den Himmel ragen, startbereit. Auch im Hinterland schien sich einiges getan zu haben. Ich sah hunderte Panzer und riesige Baracken aus denen Soldaten ein und aus gingen. Über Bobs neuer Uniform, er hatte nun Generalsklamotten an, erschien ein Textfenster:

Ich hätte nicht gedacht, dass du auch hier wieder so viel Glück hast! Besser kann man ein Level eigentlich nicht bauen. Vielleicht hab ich ja doch keine Niete als Meister gezogen.

II. BREAKING NEWS

Renate hatte vorgeschlagen das wir im Hitlerhaus in Berchtesgaden ein Bier im Restaurant auf dem Kehlstein nehmen sollten. Die Fahrt dahin würde noch eine Weile dauern, also beschäftigte ich mich zu den Klängen von Slipnot`s „Wait and Bleed" mit meinen neuen Möglichkeiten.

Bob erklärte mir ein weiteres Mal, dass ich so ziemlich alles machen konnte. Also begann ich mein Gehirn zu durchforsten was ich schon immer mal machen wollte. Irgendwann fiel mir ein das ich früher mal auf Disney Filme stand, vor denen immer dieses Schloss gezeigt wurde. Kitschig ich weiß, aber damals hatte ich mir immer gewünscht eines Tages selber so einen Kasten zu besitzen. Lange Geschichte. Doch als ich Bob davon erzählte (Er wusste es seltsamerweise schon) Schlug er mir vor auf einen Button der gerade erschienen war zu drücken: -*Rent a Law*- stand darauf.

Vor mir erschienen ellenlange Texte mit Paragraphen und allerlei juristisches Fachgedöns, dass ich samt und sonders nicht verstand. Am Ende des Fensters, befanden sich mehrere Zeilen die wie in einem Textprogramm mit roten Linien unterstrichen waren. Bei den Einträgen handelte es sich um mehrere Angaben für den Besitz des Schlosses Neuschwanstein. Eben jenes Schloss das als Vorbild für Disney gedient hatte. Als ich die unterstrichenen Zeilen antippte, sprang die Zeile: *Im Besitz des Freistaates Bayern,* auf meinen Namen um.

„Renate?", fragte ich in Richtung Fahrersitz, „könnten wir einen Abstecher nach Neuschwanstein machen?"

Ihr Kopf fuhr herum: „Klar, aber was willst du in der Touristenfalle?"

„Nichts, aber ich hab gehört das sich da einiges getan haben soll", wich ich einer genaueren Erklärung aus.

„Ok, dann eben Schlössertour statt Führerbier", kicherte sie und ließ ihren Blick wieder geradeaus schweifen.

Kurz vor Oberschwangau meldete sich mein Handy um mir mitzuteilen, Chacsi habe nun eine Aufforderung an mich geschickt. Die Nachricht war kurz:

Du mieser Sack! Was glaubst du mach ich mit dir wenn ich dich in die Finger bekomme!?

Ich starrte fassungslos auf das Display. Unter dem Fenster mit der Nachricht war eine Bilddatei angehängt. Bob öffnete sie ohne zu fragen, und das Bild eines Engels der über einem chinesisch aussehenden Palast schwebte, wurde sichtbar. Ich fragte Bob ob er mir das erklären könnte, doch der zuckte nur mit den Schultern. Darauf erschien eine Sprechblase über seinem Kopf:

Egal was das heißen soll, sie hat dir auf jeden Fall für heute Abend eine Runde vorgeschlagen.

Ich antwortete:

Eine Runde was??

Bob blieb gelassen:

Na im Spiel! Sie will ein Match ohne Highscore machen. Du kannst also beruhigt sein, sie wird deinen Level nicht sehen. Dafür kannst du aber ihren in Augenschein nehmen! Also merk dir so viel wie du kannst!

Das fand ich nun doch etwas zu hoch, doch mittlerweile fuhr Renate den Jeep auf einen Parkplatz in Füssen. Die Stadt liegt nicht sonderlich weit vom Schloss entfernt, also beschlossen wir erstmal ein gepflegtes Abendbrot mir reichlich Bier zu uns zu nehmen. Doch unerwarteter Weise, wartete ein Mann im grauen Anzug vor einer Limousine vor der Kneipe in die es uns zog. Als er uns gewahr wurde, sprach er auch gleich drauf los:

„Herrschaftszeiten, s`haben ja ewig` braucht", trötete er in tiefstem Bayrisch.

„Kennen wir dich?", blaffte Renate zurück.

„Na, aber s`ham mir do`bestellt!", er wirkte ungeduldig.

Ich sah auf mein Handy, das gerade in meiner Hosentasche vibriert hatte:

Ich war mal so frei und hab euch ein Taxi zum Schloss gerufen.

Sehnsüchtig an mein Bier denkend fragte ich den Mann: „Gibt's da oben wenigstens Bier?"

Er zuckte mit den Schultern: „Woher soll i` des wissen?"

Ergeben stiegen Renate und ich ein, sie hatte auch nicht gefragt woher der Typ wusste wo wir hinwollten. Während der Fahrt mussten wir notgedrungen dem Gequatsche eines Radiosenders lauschen:

„Und hier noch mal die Aktuelle Situation in Israel. Offenbar hat sich die Knesset mit der PLO geeinigt, und man wird in Zukunft einen gemeinsamen Staat im Nahen Osten realisieren. Die Hintergründe zu der Einigung bleiben weiterhin im Unklaren, aber es dürfte als Signal für eine neue Ära in der einst so gebeutelten Region gewertet werden. Insider spekulieren bereits darüber ob hier ein Friedensnobelpreis wahrscheinlich sein könnte..."

„Krass, hast du das gehört?", fragte ich Renate die neben mir auf dem Rücksitz saß.

Sie zuckte mit den Schultern: „Irgendwann mussten die Juden und die Palästinenser mal begreifen das sie zusammen wahrscheinlich selbst den Amis auf die Füße spucken können."

Der Radiomoderator sprach weiter:

„... gekommen ist. Nun zu einer Sensation der internationalen Politik. Am Rande einer eigentlichen Routinetagung der amerikanischen und russischen Außenminister im Rahmen des UNO Gipfels in New York, ist es zu einer Annäherung der beiden Staaten gekommen. Heute Nachmittag geben die Pressesprecher der beiden Minister bekannt, dass man sich auf eine Auflösung sämtlicher atomarer Streitkräfte binnen zwei Jahren verpflichtet habe. Die Überraschung über diesen unerwarteten Abrüstungsvertrag ist auf internationaler Ebene..."

Ich starrte den Kasten im Armaturenbrett ungläubig an: „Und das kommt dir nicht seltsam vor?", fragte ich Renate.

„Klar, aber was gehen mich den bitteschön diese Leichen aus dem Kalten Krieg an?", erwiderte sie gelangweilt.

Mit einem Mal war das Radio interessant geworden:

„...aufgebracht über... Moment liebe Zuhörer, offenbar ist heute ein Tag den man mit Fug und Recht als weltbewegend bezeichnen kann. Wie wir soeben erfahren, haben sich die Finanzminister der Eurozone und Japans mit dem IWF und der amerikanischen Seite auf einen generellen Schuldenerlass geeinigt. Wie Mitglieder der im geheimen tagenden Konferenz verlautbaren ließen, werde man sämtliche Schulden aller Staaten erl... Oh! Meine Damen und Herren, wie ich gerade mitgeteilt bekomme, ist es in Nordkorea zu einem Staatsstreich gekommen. Der einstige Machthaber, Kim Jong Un, soll von Südkoreanischen Einheiten an einem Grenzposten in der Demarkationslinie aufgegriffen und sofort in Haft genommen worden sein. Dies ist wirklich ein unglaublicher Tag für die freie..."

Renate lachte so laut das selbst unser Fahrer zusammenzuckte: „Ha! Haben sie den Wurzelzwerg doch in die Botanik gejagt! Richtig so!"

Und die Meldungen wurden immer wunderlicher:

„... Reaktionen auf internationaler Ebene. Kommen wir nun zur Innenpolitik. Wie bereits berichtet, hat Bundeskanzlerin Angela Merkel sich mit SPD und Grünen auf Neuwahlen geeinigt, bei denen zum ersten Mal...“

Jetzt wurde ich aber richtig stutzig, wie konnte es sein das ich von all den Ereignissen nichts mitbekommen hatte? Diese und weitere Fragen stellte ich Bob. Und er erklärte mir das Chacsi scheinbar mit ihrer neuen Macht weit mehr bewirkte, als ich das getan hätte. Mies gelaunt bat ich unseren Chauffeur das Radio auszuschalten, als der Sprecher gerade verkündete das es in Zukunft eine Maximalgrenze für Ungleichheit in Europa (ganz Europa + Russland!!!) geben würde. Mein einziger Lichtblick nach dem ich das Ausmaß von Chacsis Treiben rekapitulierte, war das Schloss das nun auf seinem Felsen in Sicht kam. Wenigstens das würde ich mir nicht von meiner „Guten“ Gegenspielerin nicht kaputt machen lassen.

12. ARBEITSBESCHAFFUNG

Zefix, jetz` komm`s doch scho` i` hob ned den gonzen Tag Zeit!", maulte unser Fahrer als wir im Innenhof des Schlosses angehalten hatten.

Renate und ich stiegen verwundert aus. Entgegen unserer Erwartung war Neuschwanstein menschenleer. Aber fast alle Fenster waren erleuchtet. In der hereinbrechenden Dämmerung sah das Märchenschloss Ludwig des zweiten wirklich aus wie ein Traum der sich aus der Nacht erhob um den Betrachter in eine (eigentlich voll geklaute) Version des Mittelalters zu versetzen. Wir gingen auf die Treppe im Innenhof der Burg in Richtung Eingang zu. Als das Portal in Sichtweite kam, öffnete ein Page in Livree. Verdutzt wanden wir uns dem Chauffeur zu und fragten ihn was hier eigentlich los sei. Er erklärte, dass wie den Wünschen des Eigentümers entsprechend, alles vorbereitet wäre und das er uns nun an das Schlosspersonal übergeben würde. Danach ließ er sich von einem weiteren Diener mehrere Geldscheine in die Hand drücken und rannte fast zu der Limousine zurück um hastig davonzufahren.

Verwundert über die kryptische Aussage, betraten wir das Schloss. Die nächste Überraschung ließ auch nicht lange auf sich warten. Als Renate einen der zahlreichen Bediensteten fragte wo denn das Bad sei, erwiderte dieser: „Nu, obn ruff de zweete Dür lings!"

Wenn es etwas gibt das ich genauso hasse wie Schwaben und Bayern, dann sind es Sachsen! stöhnte ich innerlich. Doch es nützte nichts, offenbar war das gesamte Schlosspersonal aus der alten DDR importiert worden. Einziger Lichtblick, war eine dreiundsechzigjährige Berlinerin, die so etwas wie den Concierge gab. Sie war es auch die uns erklärte was Bob offenbar rückwirkend für uns in die Wege geleitet hatte:

„Ik sag ma so, unsere Firma hat den Auftrag bekommen das Schloss für den neuen Besitzer herzurichten. Vor ziemlich jenau einem Monat", sagte die Frau.

Mir war schleierhaft wie Bob das zeitlich hinbekommen hatte, aber etwas anderes interessierte mich noch mehr: „Zeitarbeit?", fragte ich vorsichtig.

„Ja", war die Antwort.

„Mindestlohn?", erweiterte ich meine Frage.

„Nö, der Chef sagt das wir schließlich für ihn arbeiten und er Pleite macht, wenn er so viel bezahlen muss", erwiderte unser Concierge.

„Renate! Warte mal kurz!" Rief ich meiner Freundin hinterher die gerade auf die Toilette gehen wollte. An die alte Dame aus Berlin gewandt fuhr ich fort: „habt ihr echt das Klo und alles hier geputzt?"

Sie verzog den Mund: „Na hör mal Junge, ik bin vielleicht alt aber wir aus dem Osten machen unsern Job, egal was ihr Wessis darüber glaubt!"

„Ich komm aus Brandenburg!", rief ich empört.

„Und das ist jetzt besser in wie fern?", lachte sie mich aus.

Renate sprang mir bei: „Also? Haben sie das Bad gemacht oder nicht? Ich muss wirklich dringend!"

„Ja, die Toiletten sind gemacht wie auch der gesamte Rest nach ihren Anweisungen vorbereitet wurde." Konterte die Frau, „Ich hab bis zur Wende schließlich ein Hotel auf Rügen geleitet!"

Das schien Renate zu reichen, und sie verzog sich in Richtung Bad. Ich überlegte kurz, und beschloss spontan mir einen Hofstaat zu schaffen. Was wäre ich schließlich für ein Schlossherr, ohne das entsprechende Gefolge?

„Was würden sie und ihre Kollegen davon halten längerfristig für mich zu arbeiten?" erkundigte ich mich vorsichtig bei der Berlinerin.

„Wad meenstn` damit?", fiel sie in ihre Muttersprache zurück. „Ik glaub nich das ik für n Kind arbeiten will", setzte sie hinzu.

„Fragen sie ihre Mitarbeiter doch mal ob sie nicht Lust hätten für mich das Schloss in Ordnung zu halten", begann ich meine List, „aber fragen sie sie auch was sie zu dreißig Euro die Stunde sagen würden."

„Off de Hand?" kam die Antwort reflexartig.

Ich nickte lächelnd: „Schwärzer als Will Smith!"

„Jut, wa sin dabei!", entschied sie für alle anderen gleich mit.

Renate kam wieder, und ich erklärte ihr kurz was ich mit unserer neuen Freundin abgeklärt hatte. Sie war nicht weiter überrascht, und fragte stattdessen: „Habt ihr außer einem Ikea zufällig auch einen Getränkemarkt geplündert?"

Es stimmte, ich sah mich in der Eingangshalle um, und erblickte Möbel die so gar nicht in ein Schloss passten. Offenbar hatte Bob die unterbezahlten Dienstleister angewiesen so ziemlich jedes Zimmer neu auszustatten. Es war schon ein kitschiges Schloss gewesen bevor ich es „einklaute" aber nun zeigte es die blanke Absurdität. Gemälde wurden von riesigen Ikeaschränken halb verdeckt. Wenn der Rest des Schlosses auch so aussah, würde ich vermutlich einen Lachkrampf nach dem Anderen bekommen.

„Die Küche ist voll ausgerüstet und erwartet ihre Wünsche!", kam von unserer Concierge wieder in bestem Hoteldeutsch.

Renate reckte den rechten Daumen nach oben: „Zwei Bier, eiskalt und eine Ladung Brezeln", bestellte sie.

Die Berlinerin nickte unterwürfig, und rief einem ihrer Kollegen zu: „Speisezimmer, pronto!"

Der Sachse vom Eingang wand sich gelangweilt ab, da sprang die alte Dame gazellenhaft auf ihn zu, und flüsterte ihm etwas ins Ohr. Kaum zehn Sekunden später rannte der Mann als stünde der Teufel persönlich (Ironie ist eine Schlampe) vor ihm.

Wir wurden in den Speisesaal geführt. Das Ausmaß war beeindruckend, aber immerhin war es ja auch das Schloss eines Königs. Das Bier und die Brezeln kamen fast augenblicklich, und wurden von einer netten, vielleicht Mitte zwanzig jährigen, Frau aus Rostock serviert. Für den Rest des Abends nahmen Renate und ich uns vor das Schloss ausgiebig zu erforschen, und unserer Dienerschaft möglichst nicht auf den Sack zu gehen. Doch eine Aufgabe musste ich noch dringend delegieren.

„Hätte nicht gedacht das ich mal auf einem Beamer spielen würde", bemerkte Renate im Liegestuhl neben mir.

„Hätte nicht gedacht das wir mal Playstation in einem Thronsaal spielen würden!", lachte ich zurück.

Wir hatten das Personal losgejagt um den Jeep aus Füssen zu holen, und in einem Elektomarkt einen Beamer zu besorgen. Glücklicherweise hatten sie alles bis zum Abend hier, also konnten Renate und ich jetzt im thronlosen Thronsaal des Schlosses, *Need For Speed* zocken. Während die Leute emsig beschäftigt waren uns jeden Wunsch zu erfüllen, hatten wir die fürchterlichen Heiligenbilder mit mehreren Bettlaken der XXL Ikea Kategorie verhangen, um eine gute Leinwand zu bekommen. Also saßen wir nun mit Bier und Knabberzeug vor der riesigen Version eines Heimkinos.

„Die Schlafzimmer wären dann soweit", verkündete unsere Berlinerin.

„Ok, dann können sie gerne Feierabend machen", lächelte ich ihr zu.

„Jut, ded ham wa uns ooch verdient!", sagte sie, und drehte sich zum Ausgang der Halle.

Renate und ich spielten bis weit in die Nacht hinein. Irgendwann hatte ich keine Lust mehr, und verabschiedete mich von ihr. Mit einer Taschenlampe suchte ich den Weg zu meinem Schlafzimmer. Erst jetzt fiel mir Bob`s Warnung bezüglich Chacsis Spielzug ein. Ich erschrak halb, und legte mich bierselig auf das breite Bett. Kaum hatte ich mein Handy hervorgeholt, sprang Bob mir aufgeregt entgegen. Während der letzten Stunden hatte ich ihn dank meiner neuen Behausung völlig vergessen.

13. MEETING GANZ OBEN

Auf dem Display prangte ein großes rotes Ausrufezeichen. Darunter eine Warnung, dass eine Spielanfrage eingegangen war. Ich wechselte auf das Textfenster und fragte Bob was hier los war:

Ich: *Wie muss ich mir das jetzt vorstellen?*

Bob: *Mit der Anfrage ist auch eine kurze Levelbeschreibung gekommen. Offenbar hat sie ein Szenario aus dem vor-kaiserlichen China genommen, aber die Zeit steht nicht dabei. Alles was sonst noch in der Einladung stand war, dass sie dich sofort erwartet. Es klingt ganz nach einer Furie wenn du mich fragst.*

Ich: *Wo du Recht hast, hast du Recht. Sie war schon früher eine Nervensäge die immer sauer wurde, wenn sie nicht das bekommen hat was sie wollte.*

Bob: *Also? Was machen wir?*

Ich: *Hab ich eine Wahl?*

Bob: *Nicht wenn du herausfinden willst wie die das alles geschafft hat.*

Ich: *Na los, dann lass ich mich darauf ein. Hast du eine Videofunktion, mit der wir ihren Level aufnehmen können?*

Bob: *Klar, aber wenn sie so gut ist wie ich glaube, wird die Aufnahmefunktion bestimmt blockiert sein.*

Ich: *Macht nichts, auf jeden Fall bin ich gespannt was sie zu sagen hat.*

Bob: *Ok, also los geht's.*

Unter dem Bildschirm mit der Anfrage leuchtete nun ein roter *-Annehmen-* Button auf. Ich schloss die Augen und tippte darauf.

Plötzlich wurde es hell, Bob stand in feinem Anzug und Krawatte neben mir. Vor uns erhob sich die Verbotene Stadt. Auf einer der Treppen in den Gebäudekomplex, saß Chacsis Avatar. Es war wie nicht anders zu erwarten eine Frau. Was allerdings sofort auffiel, war ihre eigenartige Aufmachung. Sie trug eine Rüstung, ein Schwert und hatte kurze Haare. Beinah hätte ich sie mit Janne D`Arc aus diesem Luc Besson Film verwechselt. Die Gestalt sah Chacsi in keinem ähnlich.

„Warum durfte sie sich ihren Avatar selber zusammenbasteln?", fragte ich Bob.

Der zuckte mit den Schultern: „Hättest du machen können, wenn du gewollt hättest."

Der weibliche Avatar kam mit finsterer Miene und zackigen Schritten auf uns zu. „Da seid ihr ja endlich! Meine Herrin verlangt schon seit Stunden nach euch!"

Bob blieb angesichts der Riesigen gepanzerten Frau gelassen: „Tag auch Schätzchen. Hör mal, wenn du kurz dein stählernes Hößchen trocken halten willst, spar dir lieber die Sprüche. Ich denke mal du weißt das wir hier nicht zum Vergnügen sind? Also lass die Faxen und bring uns zu deiner Gebieterin!"

Die Frau verzog das Gesicht wütend: „Typisch die Bösen! Immer mies gelaunt! Aber wartet nur ab, meine Herrin ist die beste Spielerin die ihr je sehen dürft, bevor sie auch euch und euren läppischen Level platt macht!"

„Ah, ja?", erkundigte sich Bob wobei er den Kopf zur Seite legte.

„Ja!", bestätigte die Stählerne.

„Wenn ihr dann fertig seid, ich muss mit Chacsi reden", unterbrach ich das kindische Spiel.

Doch Janne D`Arc legte erst richtig los: „Wie kannst du es wagen den Namen der Herrin in deinen Mund zu nehmen?!"

Ich wurde sauer: „Was geht dich das an du Pixelpussy?"

Sie wollte ihr Schwert ziehen, doch ohne das jemand es gemerkt hätte, hielt Bob ihr plötzlich eine Pistole an die Stirn: „Immer schön langsam! Denk daran das er auch ein Spieler ist, also haben wir ihnen zu gehorchen! Los, bring uns jetzt zu deiner Herrin und wir vergessen die Sache, fürs erste."

Cahcsi sah wunderbar aus. In einem weißen Abendkleid saß sie in einer riesigen Audienzhalle auf einem roten Samtthron. „Da bist du ja endlich!" blaffte sie mich zur Begrüßung an.

„Hi", war alles was ich erwiderte.

„Hi? Spinnst du jetzt völlig?", keifte sie, „ich warte seit Stunden das du dich meldest und alles was du zu sagen hast ist *Hi*?"

„Was soll ich denn sonst sagen? Heil Chacsi oder wie?", erwiderte ich genervt.

„Du sollst mir sagen, warum du dieses Spiel nur für sinnlosen Quatsch nutzt!", fuhr sie mich an.

„Ich kann machen was ich will, du doofe Trulla! Aber du könntest mir erklären was du in meinem Zimmer verloren hattest!", konterte ich.

„Äh", stockte Chacsi, „Na ja, ich wollte mich vor Mama und deinen Eltern in Sicherheit bringen. Als sie angefangen haben über Spätzle zu debattieren, war`s mir echt zu viel. Also bin ich in dein Zimmer geflüchtet und fand dein schwules Handy."

„Hey!", rief Bob.

Doch Chacsi fuhr unbeeindruckt fort: „Als ich ein bisschen damit rumgespielt hatte, fiel mir diese komische App auf. Danach ging alles Schlag auf Schlag, ich habe einen Avatar erstellt und im befohlen eine Kopie des Spiels auf mein Handy zu laden. Seitdem sitze ich in eurem Gästezimmer und kann an nichts anderes mehr denken, als an das Spiel!"

„Spielsucht ist eine Krankheit", witzelte ich.

„Halt bloß die Klappe! Immerhin ist es ein Spiel das tatsächlich Auswirkungen auf unser Leben hat!", schnauzte sie.

„Und wie hast du gegen die anderen so schnell gewonnen? Was hast du mit den Sachen zu tun die gerade auf der Welt passieren? Einiges davon klingt einfach zu schön um wahr zu sein, steckst du dahinter?", wollte ich ernst wissen.

Sie kniff die Augen zusammen: „Natürlich, immerhin zähle ich auch zu den Guten! Da ist es meine Pflicht entsprechend zu handeln! Aber glaub ja nicht das ich dir verrate wie ich die anderen vier Spieler besiegt habe. Sonst machst du mir nur alles wieder kaputt!"

„Also hast du diesen ganzen Zirkus veranstaltet und nebenbei mal so locker vier Bosse besiegt oder wie?" fragte ich neugierig.

„So war es nun auch nicht", fuhr sie etwas ruhiger fort, „für jeden geschafften Level bekommst du einen Wunsch frei, der von deinem Avatar aus deinem Unterbewusstsein geholt wurde. Danach kannst du dich entscheiden was du damit anfangen willst."

Ich pfiff durch die Zähne: „Klingt ja super spannend."

„Du hast ja keine Ahnung! Ich habe Frieden im Nahen Osten geschaffen und die Atombomben verbieten lassen! Und was hast du in der Zeit geschafft? Nichts!" Chacsi klang herablassend wie immer.

„Ich hab mit Renate Playstation gespielt! Gönnt einem denn niemand mehr etwas!?" Erwiderte ich lahm.

„Und das solltest du auch weiterhin tun, ein Böser weniger auf der Welt ist eine gute Sache. Also bleib dabei dich in deinem Dreck zu suhlen, und lass mich die Welt retten", es klang wie eine Bitte, aber der Befehlston von Tante Sabines Tochter war unüberhörbar.

„Bist du fertig? Ich wollte eigentlich eine Runde schlafen", gähnte ich gespielt hervor.

„Eins noch, solltest du doch bei Spiel mitmachen, werde ich dir keine Gnade gewähren!" Gab Chacsi eindeutig zu verstehen.

„Toll, ich bin mit Renate und meiner neuen Playstation vollends zufrieden, gute Nacht!" blaffte ich sie an, und bedeutete Bob uns zurückzubringen.

Wieder in meinem Zimmer auf Schloss Neuschwanstein, legte ich mich aufs Bett. Chacsis arrogante Ansage hatte mich auf eine Idee gebracht, wenn ich es schaffen könnte ihr ihre linksgrüne Gutmenschensuppe zu versalzen, würde sie ausrasten. Ehe ich jedoch damit anfangen konnte, verlangten das Bier und die Müdigkeit ihren Tribut, und ich schlief selig im Himmelbett Ludwig des zweiten ein.

14. MOEGEN DIE SPIELE BEGIN-NEN

Am nächsten Morgen fragte ich mich zum ersten Mal, warum Renate eigentlich noch keine Frage über unser Nachtlager gestellt hatte. Immerhin war es doch schon ein wenig absurd das wir in einer Touristenfalle wie Neuschwanstein übernachten konnten, noch dazu mit einem Heer Bediensteter. Doch Renate blieb Renate:

„Geld regiert die Welt, also hast du einfach was von deiner Kohle in die richtigen Rachen geschmissen, und schwupps gehört dir der Kasten hier", lachte sie beim Frühstück.

Renate wollte an diesem Samstag unbedingt nach Berchtesgaden, um ihr Hitlerbier zu bekommen. Da es aber vor den Scheiben des Esszimmers nieselte, bat ich sie mich hier zu lassen. Eine Stunde später brauste Renate in unserem geliehenen Jeep aus dem Schlosstor. Heute Abend wollte sie zurück sein, und mir ein Andenken vom Obersalzberg mitbringen.

Ich hatte also den ganzen Samstag das Schloss für mich allein. Von der Osttruppe einmal abgesehen, die erstaunlich fleißig zu Werke ging.

Wider in meinem Zimmer, plante ich mit Bob unseren ersten Schachzug gegen Chacsi und Janne D`Arc. In der Nacht hatte sich auf dem Highscore nichts weiter getan, es sah immer noch folgendermaßen aus:

1-Zeus

2-Amaterasu

3-Ra

4-Alla

5-Chacsi

6-Gott

7-Jave

8-Budda

9-Odin

10-Bob

Meine Gegnerin hatte also noch keinen Weg an den anderen vier Spielern vorbei gefunden. Ich betrachtete das als gutes Omen um meinen ersten Angriff auf einen anderen Spieler zu planen. Odin, klang zwar ganz schön poserhaft, aber da Chacsi ihn und die drei anderen an nur einem Nachmittag besiegt hatte konnte es doch nicht so schwer sein. Bob fand heraus das es sich bei dem Level des Spielers um einen *Live Action* Modus handelte. Also beschloss ich es einfach zu probieren.

Bob und ich standen, nachdem ich den Angriff gestartet hatte, auf einem Platz der vor Menschen nur so wimmelte. „Wo sind wir?", fragte ich Bob.

„Scheint Russland zu sein, offenbar St.Petersburg", er legte seinen Kopf in die schräge so als würde er nachdenken, „aber irgendwas stimmt hier nicht."

„Und das wäre?", fragte ich ihn.

Bob deutete auf das riesige Gebäude an der Stirnseite des Platzes: „Das dort ist das Winterpalais, und wir haben 1917, eigentlich müssten Lenin und seine Leute hier ordentlich Radau machen", er deutete auf eine Gruppe Menschen die fröhlich eine Flagge mit gekrönten Adlerköpfen schwänkte, „Scheinbar hat Chacsi das Szenario umgeändert als sie Odin besiegt hat. Wir müssen herausbekommen was passiert ist bevor wir weitermachen."

„Kannst du denn russisch?" Zweifelnd blickte ich Bob in seinem Pelzmantel an.

„Nö, aber ich muss es auch nicht können, alle Level werden automatisch in die Sprache des Spielers transformiert", er ging zu einer kleinen Gruppe die vor uns stand, und ich folgte ihm. „Hey Leute, wie sieht`s aus?" sprach mein Avatar die jungen Männer und Frauen an.

Einer lachte freudig: „Habt ihr`s denn noch nicht gehört? Der Zar hat den Krieg beendet!"

„Ach so, natürlich! Das wusste ich doch", beeilte Bob sich zu versichern, „was hat er den sonst noch so gemacht?"

Der Mann jubelte laut: „Er hat eine Verfassung und ein echtes Parlament in Auftrag gegeben! Lang möge Nikolaijewitch leben!"

Bob bedeutete mir ihm zu folgen. In einer Seitenstraße die vom Platz vor dem Winterpalais wegführte, blieb er stehen und drehte sich zu mir um: „Da haben wir den Salat! Deine Gegnerin hat verhindert das Lenin und die Bolschewiki den Zaren stürzen konnten. Ich nehme mal an das sie es irgendwie geschafft hat ihn von einem Ende des Krieges zu überzeugen. Verdammt das wird nicht einfach sein da wieder Ordnung rein zu bringen!", fluchte er.

„Na ja, wir könnten doch einfach so versuchen die Kommunisten an die Macht zu bringen", schlug ich vor.

„Ja", grummelte Bob, „und das ist deine Aufgabe dir was auszudenken. Öffne das Menü und sieh dir an was du für Möglichkeiten hast."

Ich tat wie geheißen und öffnete das Bedienfenster. Anders als in Ägypten, hatte ich wesentlich weniger Optionen zur Auswahl. Eine jedoch die mit –*Flugblatt*- bezeichnet war, schien mir die beste Alternative zu sein. Ich tippte auf das Icon, und hielt plötzlich ein Stück Papier in der Hand, Bob lehnte sich zu mir heran und las laut vor:

„Arbeiter und Bauern! Die Stunde ist nah! Wollt ihr ewig unter der Knechtschaft der Zaren leiden? Wo sind eure Brüder und Väter gefallen? Wer ist für ihren Tod verantwortlich? Der Zar und seine Clique von Schmarotzern am Volkseigentum, sie sind es die euch auch weiter unterdrücken werden...", Bob brach ab, „klingt ja ganz nett, aber so richtig vom Hocker reißt mich das jetzt nicht unbedingt"

Ich gab ihm Recht, ein Flugblatt würde nie im Leben Eindruck auf die Menge vor dem Palast machen. Ich verwarf die Idee, und suchte weiter in meinem Menü. Plötzlich stieß ich mit einem Mann zusammen, der einen buschigen Schnauzbart hatte, und grimmig dreinblickte.

„Kannst du nicht aufpassen wo du stehen bleibst?", frage er mich.

„Oh, sorry, hab sie gar nicht gesehen!", entschuldigt ich mich hastig.

Der Mann nahm das Flugblatt das ich achtlos weggeworfen hatte auf, und las es interessiert. „So so, du bist also Kommunist?" Fragte er zweifelnd, „dann sollte dir klar sein das du hier allerdings falsch bist, für euresgleichen ist St.Petersburg derzeit gefährlich. Alle jubeln dem Zaren zu, noch vor ein paar Jahren hat er sie wie Hunde abknallen lassen, aber kaum wischt er dem Volk über die Augen, lieben sie ihn abgöttisch."

„Wir wüssten nur gern wie man das ändern könnte", sagte ich.

„Dann kommt mal mit", sagte er geheimnisvoll.

Wir begleiteten den Mann bis zu einem Mietshaus in einer der ärmeren Gegenden der Stadt. Hier war die Stimmung weit schlechter als auf dem Platz vor dem Winterpalais. Wir mussten durch ein heruntergekommenes Treppenhaus an allerlei Menschen die sich ängstlich in die Ecken drängten. Selbst das Treppenhaus war völlig überfüllt. Gerade als ich mich fragte wohin uns der Mann bringen wollte, öffnete er eine Tür im dritten Stock. Dahinter sah es kaum besser aus als im Treppenhaus. Einen Unterschied jedoch bemerkte ich sofort, hier waren nur Männer anwesend, die grimmig in Richtung Tür blickten.

„Genossen", begann unser Führer mit den Männern zu reden, „ich habe zwei weitere Kampfgefährten dabei. Sie waren so unvorsichtig sich in der Nähe des Imperialistischen Tempels des Zaren rumzutreiben und Flugblätter zu verteilen."

Die Männer nickten uns zu, und Bob und ich betraten den Raum nachdem der Mann mit dem Schnauzer die Tür hinter uns geschlossen hatte. Schnell wurde mir klar, dass wir uns in einem Versteck der Bolschewiki befinden mussten. Die Gespräche, die sich nach unserer Ankunft entwickelten, waren von Wut auf den Zaren durchtränkt. Per Dekret hatte dieser nämlich zusammen mit dem Ende des Krieges auch alle Waffen aus der Stadt verbannen lassen. Daher waren die Kommunisten nicht in der Lage ihren Plan zum Sturz des Zaren umzusetzen. Leo Trotzki hatte ursprünglich die Planung zusammen mit Lenin den die Deutschen in einem Zug in seine Heimat gesteckt hatten, innegehabt. Doch durch die plötzliche Wendung der Geschichte fehlten ihnen nun die *durchschlagenden* Argumente.

Nachdem Bob und ich eine Weile zugehört hatten wie die Männer sich grämten und nach Arbeiter und Soldatenräten riefen, deutete Bob unauffällig auf mich und flüsterte: „Kuck mal im Menü ob du was findest!"

Und in der Tat, ein Feld mit der Aufschrift –*Deals*– erregte meine Aufmerksamkeit. Als ich daraufhin das Fenster öffnete, stach der oberste Punkt sofort ins Auge: -*Waffenlieferung*-.

Unter diesem Menüpunkt, war ein Szenario beschrieben, in dem ich mich im Hafen von St.Petersburg nach einem Schiff umsehen sollte, dass den seltsamen Namen *Green Bird*, zu haben schien. Ich fragte die Männer, ob sie nicht Lust hätten am Hafen nach Waffen zu suchen. Da ihnen offenbar nichts Besseres einfiel, stimmten sie zu und wir wanderten zum Wasser.

Die *Green Bird*, war ein amerikanisches Schiff von mittlerer Größe. Von außen machte sie nicht viel her, allerdings suchten wir ja auch nicht nach dem Boot selber, sondern nach der Ladung. Bob hielt einen Schein in der Hand, auf dem stand das wir an Bord dürften um im Auftrag des Zaren eine Überprüfung der Ladung durchzuführen.

Unsere Begleiter wunderten sich nicht wenig, aber ich hatte in dem Menü gelesen das wir so was brauchen würden um an Bord zu gelangen, wie durch Zauberhand verfügten wir als der Hafen in Sicht kam plötzlich über den Zettel.

Ohne zu murren, ließ uns die Mannschaft an Bord und in ihre Laderäume sehen. Diese waren so eng belegt, das man sich kaum drehen konnte. Allesamt enthielten sie beste amerikanische Exportschlager, Thompson Maschinenpistolen und jede Menge M1 Karabiner. Die dazugehörige Munition fand sich ebenfalls. Als Sahnehäubchen entdeckte einer der Männer eine Kiste mit schweren MG`s deutscher Bauart.

„Und wie bekommen wir das Zeug vom Schiff?", fragte uns der Mann mit dem Schnauzer.

Bob hielt einen weiteren Zettel hoch: „Damit, hier steht das der Zar alles beschlagnahmen lässt, und wir ermächtigt sind hier alles leerzuräumen."

„Wunderbar Genosse, dann wollen wir diesen Kapitalisten mal den Spiegel vorhalten und ihnen zeigen was russische Umverteilung ist!" lachte der Mann.

Als wir die Besatzung ausgeschaltet hatten (echte Dollarnoten wirken wunder) verluden die Bolschewiki die Ladung auf den Kai des Hafens. Als eine der letzten Kisten auf dem Pflaster aufsetzte, kam ein Wagen zum Schiff gefahren.

Bob kicherte: „Sieht so aus als ob wir gewonnen hätten. Der Typ mit der Halbglatze dürfte Lenin sein, der mit der Brille Trotzki", sagte er wobei er auf die genannten deutete.

Und tatsächlich, die beiden Kommunistenführer winkten dem Mann der uns vom Platz geführt hatte zu.

„Ich muss dann mal, die Arbeit ruft. Aber wenn ihr mal wieder einen Gefallen braucht, sagt einfach Bescheid. Nächste Woche bin ich nicht in St.Petersburg, aber wenn ihr Glück habt, treffen wir uns bestimmt in Moskau wieder, nach der Revolution!" grinste der Mann und ging auf Lenin und Trotzki zu.

„Wie merken wir das wir gewonnen haben?", fragte ich Bob verwirrt.

„Eigentlich müsste ein Fenster mit der Nachricht kommen", wunderte sich mein Avatar.

Ich blickte auf die verschiedenen Menüpunkte, eine Pop-up Meldung erschien, dass ich noch eine Kleinigkeit zu erledigen hätte, ehe das Level als erfüllt betrachtet werden könnte.

„Hey! Wart mal kurz!", rief ich dem Mann mit dem Schnauzer nach.

Dieser blieb stehen, und lächelte mich freundlich an: „Was gibt's noch mein junger Freund?"

„Ich wollte sie warnen Genosse, der Kerl mit der Brille will ihnen ans Leder!" sagte ich und deutete auf Trotzki.

„Leo? Unmöglich! Wir sind schon seit Jahren Freunde!", stieß der Mann hervor.

Ich meinte einen kleinen Anflug von Misstrauen in seinen Zügen zu erkennen: „Glauben Sie mir, ich habe ihnen die Waffen besorgt, und jetzt gebe ich Ihnen einen gutge-meinten Rat, bereiten Sie sich darauf vor das man Sie hinter-gehen und verraten wird! Ich schwöre es Ihnen, so wahr ich aus Georgien komme!"

„Ach!? Du auch? In diesem Fall, zählt das Wort eines Mannes natürlich mehr, ich danke dir noch einmal. Aber jetzt muss ich los, vielleicht auf bald, Genosse", schloss er mich noch fröhlich in die Arme bevor er zu dem wartenden Auto lief.

Zwei Sachen geschahen noch, bevor ich wieder in meinem Zimmer in Neuschwanstein war. Das erste war die Nachricht das Bob und ich gewonnen hatten, das zweite war Lenins freundliche Stimme, die zu dem Mann mit Schnauzer rief: „Josef! Wo bleibst du?"

15. ES IST SCHOEN BOESE ZU SEIN

Chacsi kochte vor Wut, und ich hatte meinen Spaß als ich

mir zusammen mit Bob immer wieder den Highscore ansah:

    1-Zeus

    2-Amaterasu

    3-Ra

    4-Alla

    5-Chacsi

    6-Gott

    7-Jave

    8-Budda

    9-Bob

10-Odin

Als mein Avatar eine Position nach oben gerückt war, musste die bayrische Nervensäge ausgerastet sein. Immerhin hatte ich ihr schönes Spiel versaut. Dass sie mich direkt nach meiner Rückkehr aus Russland anrief, bewies mir das ich genau das richtige gemacht haben musste um sie abgrundtief zu nerven.

„Hatte ich mich nicht klar ausgedrückt, oder bist du einfach nur beschränkt?", dröhnte es mir aus dem Handy entgegen. Ich hatte auf Lautsprecher geschalten damit ich Bob dabei zusehen konnte wie er sich vor Lachen kringelte.

„Du bist doch nur sauer, weil ich genauso gut wie du in dem Spiel bin!", rief ich ihr zwischen zwei Lachanfällen entgegen.

„Und? Was wirst du jetzt mit deinem Wunsch machen? Bitte sag mir wenigstens, dass es was Sinnvolles ist!" flehte sie mich aus der Ferne an.

Was ich mit dem Wunsch machen wollte, zeigte mir Bob gerade wie bestellt. Auf der Liste mit den Wünschen wurde Punkt drei rot markiert, und das Handy fragte mich ob ich annehmen wolle. Ich drückte auf Rot, und mein Wunsch ging in Erfüllung.

„Es ist etwas sehr Sinnvolles! Aber ich muss jetzt Schluss machen, da wartet so ein Spiel auf mich, dass ich immer interessanter finde", kicherte ich voller Bosheit.

„*Arschloch!*", war das letzte was ich hörte bevor Bob die Verbindung beendete.

Da ich nun auf den Geschmack gekommen war, rief ich bei meinen Eltern an, und fragte ob sie heute schon die Post geöffnet hätten.

„*Ja, es war auch ein Brief für dich dabei, von der Schule. Ich hoffe doch das du nichts angestellt hast?*", fragte meine Mutter besorgt.

„Nein, alles gut! Machst du ihn bitte auf?" Beruhigte ich sie.

Ein kurzes Rascheln war zu hören, gefolgt von einem Aufschrei der Verblüffung: „*Junge! Sie haben dir den Abschluss gegeben! Und hier steht, dass du ein Stipendium erhalten sollst! Wie hast du das geschafft?*"

Ich musste mich zusammenreißen um nicht laut zu jubeln. „Ich hab beim Schulamt eine vorzeitige Prüfung beantragt", log ich gekonnt, „und die hab ich offensichtlich bestanden."

Meine Mutter kam aus dem Staunen nichtmehr heraus: *„Ich hätte nie gedacht, dass du so gut bist, bei deinen Noten."*

„Tja, offenbar habt ihr mich mal wieder unterschätzt", lachte ich in den Hörer, „aber jetzt was anderes, ich würde gerne noch eine Weile bei Renate bleiben, sie hat echt zu kämpfen wegen ihrer Schwester, und weil ich ja jetzt nichtmehr in die Schule muss, dachte ich das ist ok für euch."

„Aber nimmt sie dich denn so lange? Immerhin haben wir ihr ja gar kein Geld gegeben damit sie auf dich aufpasst!"

Typisch meine Mutter, anstatt sich zu freuen das ich mal was geschafft habe, denkt sie nur an die Kohle, ging mir durch den Kopf. Aber ich blieb ruhig und sagte: „Kein Problem, ich helfe ihr ja, da ist sie froh mich hier zu haben. Ich mach dann mal Schluss, und grüß Papa von mir."

„Tschüss, und meld dich bald wieder, nicht das wir hier noch eine dran kriegen wegen Aufsichtspflicht und so", wie gesagt, meine Mutter.

Das Renate gerade auf ein Bier im Führerhäuschen wahr, hatte ich bewusst verschwiegen. Aber das sie kein Problem damit haben würde von meinem „Spielgeld" auch weiterhin unseren Spaß mitzumachen war unbestreitbar.

Hey Meister! Wie wär`s mit noch einer Runde? Flammte in einer Sprechblase über Bobs Kopf auf.

Ich sah auf die Uhr des Schlafzimmers, und stelle fest das es erst halb elf war. Genug Zeit für eine weitere Partie also. Ich musste zugeben das mir Chacsis Ärger einen Riesenspaß machte.

Also tippte ich eine Antwort an Bob:

Ok, lass uns diesem Budda einen Besuch abstatten!

Diesmal ging es nach Australien. Hier hatte dieser Spieler offenbar ein *Commander-* Szenario angelegt. Chacsis Sieg hatte den Engländern eine böse Niederlage in Bottany Bay beschert. Die Aborigines hielten ihre Insel mit abgedrehten Waffen aus Holz und Eisen. Woher sie das Zeug hatten war unschwer zu erkennen. Überall an der Westküste Australiens, fand ich in einer Übersichtskarte, einzelne Lager die mit *–Chacsi-* gekennzeichnet waren. Auf einem Punkt weit außerhalb des Festlandes, dümpelte ein mickriger Schriftzug mit *–Bob-* herum. Die Aufgabe war also, Chacsis Verteidigung zu erledigen.

Über ein Menü zoomte ich meine „Basis" näher heran und erkannte, das es sich um ein Segelschiff handelte. Auf dem Deck stand Bob in einer Uniform die glatt aus *Master and Comander* geklaut hätte sein können. Als ich über dem

Schiff zum Stehen kam, blickte mein Avatar lächelnd in die Luft.

Meine Aufgabe war es nun, zunächst dem Schiff einen Befehl zu geben an Land zu segeln. Im Zeitraffer beobachtete ich wie meine Order umgehend ausgeführt wurde. Kaum hatte das kleine Boot unter mir die Küste erreicht, schon strömten aus zwei nahegelegenen Garnisonen schwerbewaffnete Ureinwohner auf den Strand zu. Ich tippte auf mein Schiff, und fand eine passende Option die mir gefiel, Kartätschen.

Bob kommandierte die Leute am Boden sich in langen Reihen am Strand aufzustellen und die Kanonen mit den Geschossen zu laden. Kurz darauf stürmten die Eingeborenen mit wildem Gebrüll den Strand. Meine Truppe am Boden machte Kleinholz aus ihnen. Ich sah die meisten zerfetzt in den Sand fallen und regungslos liegen bleiben. Nachdem sie sich zurückgezogen hatten, befahl ich Bob und meinen Männern weiter ins Landesinnere vorzurücken. Als sie das erste Lager von Chacsis „Soldaten" erobert hatten, wechselte der Schriftzug darüber zu –Bob-.

Dank unseres Sieges, konnte ich nun weitere Schiffe anfordern, was ich augenblicklich tat. Man hätte meinen können das Tante Sabines Tochter sich keine richtige Mühe gegeben hatte, so schnell wie eine Basis nach der anderen von Bob und meinen Leuten erobert wurde. Schließlich war nur noch Bottany Bay übrig.

Hier schien Chacsi sich mehr Mühe gegeben zu haben. Die Aborigines verfügten über Gewehre und sogar ein paar Kanonen. Die meisten jedoch waren mit ihren gefährlichen Wurfspießen bewaffnet. Da ich aber inzwischen über mehr als hundert Schiffe verfügte, und Bob eine riesige Armee von der Landseite an die letzte Stellung der Ureinwohner heranführte, dauerte es nicht lange bis diese kapitulierten. Ein Textfenster erschien, in dem ich aufgefordert wurde über den weiteren Verlauf des Levels zu entscheiden. Offenbar konnte ich nun auswählen wie das Szenario weitergehen sollte. Ich beschloss es so zu lassen, und beendete das Menü.

Wieder zurück im Schloss wunderte ich mich über Chacsis Unvermögen den Level besser zu sichern. Aber es war mir einerlei. Wenn das so weitergehen würde, hätte ich sie in einem Tag locker eingeholt. Auch der Highscore lächelte mir nun freundlich zu:

1-Zeus

2-Amaterasu

3-Ra

4-Alla

5-Chacsi

6-Gott

7-Jave

8-Bob

9-Budda

10-Odin

Noch zwei Level, und ich hätte sie eingeholt! Danach würde ich das tun, was ein Böser eben immer tut: So lange weiterspielen, bis Chacsi heulend um Gnade fleht!

16. NEUSTART

Renate kam gegen um Fünf zurück. Von einem sächsischen Diener gehalten stolperte sie in den Thronsaal, in dem ich gerade Final Fantasy dreizehn spielte.

„Da bin ich wieder", lallte sie, „Was hast du heute so gemacht?"

Ich antwortete: „Nichts Weltbewegendes." (die Untertreibung des Jahrtausends!) „Wie war`s beim Führer?"

„Er war nicht zu Hause", kicherte Renate betrunken. Danach schaltete sie das Spiel aus, legte eine neue Scheibe in den Schlitz, und schnappte sich einen Controller. „Machst du mit?"

Ich erkannte das Logo, und nickte: „EDF, na klar!" *Earth Defense Force* war eines meiner Lieblingsspiele. Zuhause in Brandenburg hatten wir die Vorgängerversion bis zur Kotzgrenze gezockt. Hier hatte ich zum ersten Mal seit langem wieder jemanden mit dem ich spielen konnte.

Wissen sie, im Nachhinein betrachtet, war es bereits ab diesem Moment für mich zu spät. Ich hatte keine Ahnung was ich so alles angestellt hatte, doch bald sollte sich mein Leben noch gründlicher ändern als es das ohnehin schon getan hatte.

„Wie bist du eigentlich so voll noch ins Auto gekommen?" Fragte ich Renate, während sie mit einem Panzer Riesenameisen tötete.

„Wir sind hier in Bayern!" schnaubte meine Freundin, „hier fällst du eher auf, wenn du nach sechzehn Uhr noch geradeaus fährst."

Ich steuerte einen Helikopter und schoss auf alles was sich bewegte. „Wenn du meinst, aber hör mal. Ich hab heute mit meiner Mutter geredet, sie meinte das ich noch ein paar Tage länger bei dir bleiben kann. Natürlich nur, wenn das für dich ok ist!"

Renate sah zu mir herüber: „Kleiner, diese Bude hier und dein Rucksack mit der Kohle reichen locker um noch Jahre mit Unsinn zu füllen, ich bin dabei!"

„Danke", grinste ich sie an. „Dann lass uns diesen Ameisen zeigen, wo der Hammer hängt!"

Mehrere Bier und Flüche später, lag ich wieder in meinem königlichen Schlafgemach. Bob hing in einer Hängematte auf dem Display und schnarchte anscheinend zufrieden mit sich und der Welt. Ich war schon leicht benebelt, als mir einfiel das ich ja noch einen Wunsch offen hatte. Also weckte ich Bob:

Ich: *Wach auf du Schlafmütze! Ich will sehen, was sonst noch so auf dieser Liste steht das erfüllt werden kann!*

Bob: *Um diese Uhrzeit noch so gesprächig?*

Ich: *Nicht wirklich, aber Renate will die Nacht durchmachen, da kann ich nicht mithalten.*

Bob: *Ich hab eine Nachricht für dich.*

Ich: *Und? Von wem ist sie?*

Bob: *Von wem wohl, Janne D`Arc war hier und hat einen auf dicke Rüstung gemacht. Ich hab ihr meine Sammlung Nacktfotos von Avril Lavigne gezeigt!*

Ich: *Darf ich die auch mal sehen?????*

Bob: *Jugendschutz Alter!*

Ich: *Jetz hab dich mal nicht so! Bei Budda heute hab ich viel schlimmere Sachen gesehen!*

Bob: *Blut und Eingeweide sind ok, aber nackte Haut ist nicht drin Meister.*

Ich: *Meinetwegen, wie lautet also Chacsis Nachricht?*

Bob: *Warte, ich hol sie kurz!*

Mein Avatar schwang sich aus der Hängematte und ging aus dem Display heraus. Nach ein paar Sekunden, schleppte er einen großen blauen Kasten auf den Bildschirm des Handys zurück. Das Ding sah aus wie einer dieser alten Fernseher. Bob bedeutete mir darauf zu tippen als er den Kasten abgestellt hatte.

Auf der mir zugewandten Seite erschien Chacsis Gesicht. „*Du Sack! Hast du etwa doch Gefallen daran gefunden mitzuspielen? Schön für dich. Mach dich bereit, morgen werden wir sehen wie gut dein Level ist! Bis dahin solltest du wissen, dass ich sehr seltsame Dinge über dich erfahren habe. Offenbar benutzt du deine Wünsche nur für einigen Unsinn. Ich gedenke dir diese Flausen auszutreiben, sieh morgen Früh fern oder lies eine Zeitung, dann wist du erfahren wie ich reagiert habe! Da ich im Rahmen des Spiels darauf antworte erkennst du wie wütend ich auf dich bin! Wenn du einmal etwas Gutes mit der Macht getan hättest! Aber nein, der Herr macht lieber Ferien! Ganz ehrlich, die Schule abzubrechen, bist du noch zu retten? Hör mir jetzt ganz genau zu, wenn ich dich morgen fertigmache, wird mein Wunsch dich für immer in Schwaben gefangen halten! Damit du`s weißt, ich kenne keine Gnade!*

Alles was ich in diesem Moment dachte war: *Hat die noch alle Latten am Zaun?* Seit wann ließ ich mich denn von einem Mädchen ärgern? Na die würde ihr blaues Wunder erleben.

Ich: *Bob? Wie gut ist unser Level?*

Bob: *Besser als jedes das ich je gesehen habe.*

Ich: *Gibt es eine Möglichkeit das Chacsi uns schlagen kann?*

Bob: *Ja, mit der flachen Hand XD*

Ich: *Hä?*

Bob: *Ein Witz Meister! Aber ich halte es für unwahrscheinlich das die Guten wissen auf was sie sich einlassen. Das Level ist wirklich heftig.*

Ich: *Gut, ich glaube nicht das sie sich das richtig überlegt hat, immerhin haben wir gesehen wie schwach ihre Spiele waren.*

Bob: *Das greift allerdings etwas zu kurz. Die Russische Revolution und der Fall der Aborigines waren Odins und Buddas Level. Janne und ihre Herrin haben sie durchgespielt, und ihre eigenen Versionen stehen lassen. Anders sieht es aus, wenn man einen Level spielt, der noch von keinem geschafft wurde.*

Ich: *Was meinst du mit anders?*

Bob: *Hast du irgendwo einen Bossgegner gesehen?*

Ich: *Nein.*

Bob: *Da hast du`s, sie haben ihn besiegt und danach die Level verändert oder es bleiben gelassen. In Russland haben die Guten ihr Standartprogramm abgezogen, Frieden und alle haben sich lieb, der ganze Mädchenkram eben. In Australien waren sie zumindest so schlau, den ursprünglichen Level auf der aus ihrer Sicht bestmöglichen Ausgangslage zu belassen. Hättest du nicht den Einfall mit den Kartätschen gehabt, wären wir am Strand überrannt worden.*

Ich: *Ich hab mir die Geschosse nicht ausgedacht, sie standen einfach im Menü.*

Bob: *Und wie glaubst du sind die dahin gekommen?*

Ich: *Keine Ahnung, vorinstalliert?*

Bob: *Nope, dein Unterbewusstsein hat mit deinem Hirn und dem Spiel ein Meeting gehabt, und alle drei haben entschieden, das die beste Lösung Kartätschen wären.*

Ich: *Also muss ich mir nur vorstellen mit was ich angreifen will und es kommt?*

Bob: *Ganz so einfach ist es nun auch wieder nicht. Dein Wissensschatz spielt eine große Rolle, aber da du im Gegensatz zu unseren beiden Jungfrauen eine gesamte Universitätsbibliothek im Schädel hast, ist die Sache natürlich einfacher.*

Ich: *Und was wenn Chacsi auf die gleiche Idee kommt?*

Bob: *Kann sie nicht, ein Nachteil der Guten ist das sie immer vom besten ausgehen. Da wir hier aber die Bösen spielen stehen uns jede Menge schmutziger Tricks zur Verfügung!*

Ich: *Also kann Chacsi von ihrem Avatar nicht den gleichen Support erhalten wie ich?*

Bob: *Kommt drauf an wie du Support definierst.*

Ich: *Na komm schon, was erzählst du mir nicht?*

Bob: *Die Guten haben einen entscheidenden Vorteil gegenüber uns Bösen.*

Ich: *Und der währe?*

Bob: *Sie können den Lauf des Spieles beeinflussen, indem sie Level wiederholen können.*

Ich: *Noch mal, hä?*

Bob: *Hast du dich nie gefragt warum die Namen auf dem Highscore, ausschließlich von Spielern der Kategorie Gut bevölkert sind?*

Ich: *Nein*

Bob: *Weil alle Bösen irgendwann von diesen unsterblichen Besserwissern fertiggemacht werden! Im Gegensatz zu denen hast du nur ein Leben!*

Ich erschrak. Sollte das also heißen das wenn Chacsi mich morgen besiegen würde, das Spiel für mich aus wäre?

Ich: *Was passiert also, wenn ich gewinne?*

Bob: *Deine Gegnerin steigt einen Platz ab, und der Level den sie vorher geschafft hat wird zurückgesetzt.*

Ich: *Und wenn ich verliere?*

Bob: *Dann ist Feierabend.*

17. INVASION IM MORGENGRAUEN

So schlecht wie in dieser Nacht hatte ich schon lange nicht mehr geschlafen. Chacsis Angriffsdrohung raubte mir den Schlaf. Doch dank des Biers aus Berchtesgaden, schlummerte ich dennoch irgendwann ein.

Am nächsten Morgen bat ich einen der Bediensteten im Dorf unter dem Schloss eine Zeitung zu besorgen.

Der Leitartikel den ich dann mit Brotkrümeln bespuckte, war noch viel gruseliger als erwartet:

Neue Bundeskanzlerin wurde im Eilverfahren ernannt.

Wie wir in der Nacht erfahren haben, wurde Chantal Cristine Segermann überraschend als Nachfolgerin von Angela Merkel bestimmt. Mit der Mehrheit des gesamten Bundestages, bei Enthaltung der Linkspartei, wurde die achtzehnjährige zur neuen Kanzlerin der Bundesrepublik Deutschland ernannt. Die scheidende Merkel äußerte sich optimistisch über ihre Nachfolgerin: „Wir haben eine gemeinsame Lösung gefunden."

Auch die SPD und Bündnis 90/Die Grünen stimmten in den Kanon der Alt-Kanzlerin ein. Bei der jungen Bundeskanzlerin sei man sich im Klaren das sie großes Talent mitbringe, hieß es aus Parteikreisen. Bei Vertretern der AfD sowie der FDP zeigte man sich vorsichtiger: „Es muss sich erst noch zeigen wie Frau Segermann mit dem Amt zurecht kommen wird" lautete die Reaktion der Vorsitzenden der AfD, Frauke Petri. Ein nicht öffentlicherer Kommentar eines FDP Funktionärs lautete in der Nacht: „Das wird den Start-Ups der Republik gefallen!"

Die achtzehnjährige Bayerin kommt aus München und ist stolz auf ihre Leistungen: „Ich danke dem mir entgegengebrachten Vertrauen, und ich möchte mit den Worten meiner Generation sagen: Das Böse wird es schwer haben mit mir als Kanzlerin!"

Einzige Bedenken meldete die Fraktionschefin der Linken, Sara Wagenknecht, an: „Was kann diese Frau denn? Woher kommt sie so plötzlich? Ich warne sie, wir werden beim Bundesverfassungsgericht Beschwerde gegen diese geradezu staatsstreichartige Ernennung einlegen!"

Mit dieser Meinung scheinen die Linken wieder einmal allein dazustehen. Der Rest der Republik freut sich auf einen frischen Wind im Kanzleramt.

Ich konnte es nicht fassen! Sie hatte also ihren Wunsch aus einem der Spiele dafür verbraucht Bundeskanzlerin zu werden. Auch um ein Jahr geschummelt hatte sie. Ich wusste es ziemlich sicher das sie mit siebzehn noch nicht wahlberechtigt, und folglich auch nicht wählbar sein konnte. Noch nervöser machte mich der Satz: *Das Böse wird es schwer haben mit mir als Kanzlerin!* Das ging eindeutig an meine Adresse. Ich fragte mich gerade ob man das Schloss irgendwie verbarrikadieren sollte, als unsere Concierge in den Frühstücksraum kam.

„Ik hab ma jefragt ob de nich noch ne Tasse Kakao ham willst", berlinerte sie fröhlich drauf los.

„Nee, danke ist nett aber ich will wieder in mein Zimmer, hab noch nen Kater von gestern", antwortete ich höflich.

Natürlich hatte ich keinen Kater, aber ich musste mir schließlich eine Ausrede einfallen lassen, um auf Chacsis Angriff vorbereitet zu sein.

„Na denn nich", lächelte mich die alte Dame an.

Zurück im Schlafgemach schnappte ich mir sofort mein Handy. Noch war alles ruhig, und ich sah Bob dabei zu wie er scheinbar irgendwas zu den Soldaten sagte, die am Strand angetreten waren. Ich suchte den Lautstärkebutton, denn ich wollte hören was er zu sagen hatte. Doch ich fand keinen. Stattdessen bemerkte mich General Bob, und ließ während er weiterredete ein Textfeld mitlaufen:

Kammeraden! Der Feind steht vor unseren Toren

Ich musste lachen, denn er las sich an wie Hitler.

Ihr bildet die erste Barriere die dem Engländer in sein ar-
rogantes Gesicht blicken wird! Seid bereit! Alles was das Vater-
land euch an die Hand gegeben hat, all die Jahre der Ausbildung.
Jeder noch so quälende Marsch, all das wird euch in der kommen-
den Schlacht stärken! Verzagt nicht, denn ihr seid die besten und
fähigsten Männer, die ich je das Privileg hatte zu befehligen!

Und so macht man Soldaten Mut? wunderte ich mich.

Bemannt nun eure Stellungen! Der Feind wird in Kürze
eintreffen!

Ziemlich dick aufgetragen, aber den Soldaten schien
es zu gefallen. Wie in einem Ameisenhaufen, aber mit mehr
Disziplin, strömten die Männer in alle Himmelsrichtungen
davon. Bob machte mit der Faust eine Geste der Beruhigung
in meine Richtung. In einer Sprechblase erschien:

Wird schon, wenn sie mehr als drei Runden durchhalten
wäre ich echt überrascht!

Meine Zuversicht hielt sich in Grenzen. Chacsi hatte
schon vier Spieler besiegt. Wie auch immer sie das geschafft
hatte, mir graute vor dem Angriff.

Kurz nach um zehn begann das Spiel. Chacsi sendete
mir eine Angriffsnachricht, und ich fand mich kurze Zeit

später in einem Wäldchen hinter der Front. Bob stand mit besorgter Miene neben mir, während draußen vor dem Zelt in dem ich saß, die ersten Einschläge zu hören waren.

„Sie haben auch noch die erste Runde?", fragte ich ihn fassungslos.

Bob nickte: „Ist eigentlich üblich bei rundenbasierten Leveln das der Angreifer den ersten Zug hat. Aber bleib locker, sie wissen noch nicht viel mehr als das es ein Rundenszenario ist und im zweiten Weltkrieg spielt."

„Und wie bekommen wir raus was da draußen vorgeht?", fragte ich ihn.

Mein General lachte und hob ein Feldtelefon an sein Ohr. Kurz darauf wand er sich grinsend an mich: „Die ballern mit Schiffen auf unsere Linien, aber dank deines Upgrades dürfte das wenig bis nichts am Zustand der Bunker ändern."

Also hatte Chacsi in ihrem Optionsfeld so etwas wie das Portrait eines Schiffes gesehen und ausgewählt. Genau das war mir im Tutorial ja auch passiert.

Nach einer gefühlten Ewigkeit endete das Bombardement, und vor mir erschien eine Meldung das wir jetzt dran wären.

„Also? Was schlägst du vor?", fragte ich Bob.

Der lachte noch breiter als ohnehin schon und sagte: „Ich glaube, wir könnten in einer Runde gewinnen, lass mich nur machen!" Er griff zu seinem Feldtelefon, und sprach in den Hörer: „Abschnitt Eins, bereit machen zum Feuern, Staffeln sechs bis zehn von Warteschleife auf Angriff übergehen!"

„Was hast du gerade gemacht?" Fragte ich den verdächtig gelassenen Bob.

„Hör zu, und genieß den Sound", lachte der Avatar in Generalsuniform.

Über uns erklang nun das dröhnen von Motoren. Schweren Motoren. Und in der Ferne waren ohrenbetäubende, langgezogene Explosionen zu vernehmen.

Bob hielt sich nach etwa einer halben Stunde erneut das Telefon ans Ohr. Mit jubelnder Mine wand er sich danach zu mir: „Erledigt! Die Küstenartillerie und die Bomber haben ganze Arbeit geleistet!"

Im selben Moment erschien eine Meldung vor mir, dass ich den Feind besiegt hätte.

„Wir haben also gewonnen?" erkundigte ich mich hoffnungsvoll.

Bob sagte mit originaler Hitler-Stimme: „Wir haben zurückgeschossen, und es ist ihnen nicht bekommen!"

18. SIE SCHEINT PLAENE ZU HA-BEN!!

Nach der erfolgreichen Abwehr des Angriffs, sah der Highscore verändert aus:

1-*Zeus*

2-*Amaterasu*

3-*Ra*

4-*Alla*

5-*Gott*

6-*Chacsi*

7-*Jave*

8-*Bob*

9-*Budda*

10-Odin

Ich jubelte über unseren so leichten Sieg. Doch Bundeskanzlerin Chacsis Anruf ließ nicht lange auf sich warten. Bob hielt ein Schild mit der Aufschrift *Schwatzbude!* hoch als mich meine Gegnerin aus dem Bundestag anrief. Im Hintergrund konnte man lautes durcheinanderreden hören:

„Hallo? Bist du dran?", erklang die Stimme aufgeregt.

„Ja", war meine schlichte Antwort.

„Gut, hör zu, ich hab wenig Zeit also komme ich direkt zur Sache. Solange du deine Spielchen weitermachst, lass ich dich in Ruhe. Kommst du mir aber in die Quere bei meinem Ziel, dann hetz ich dir die Bundeswehr oder was weiß ich auf den Hals! Hast du das verstanden?" Chacsi hörte sich genervter an als ich das von einer Bundeskanzlerin gewohnt war.

„Dein Ziel? Und was ist das wenn ich fragen darf?", erkundigte ich mich.

„Was geht dich das an?", fragte sie zurück.

„Eigentlich nichts, aber ich wüsste es gerne damit ich vor dir und der Rüstungstussi sicher bin!", erklärte ich gereizt.

„Was schon, ich versuche die Welt zu retten!" wisperte sie aus dem Lautsprecher, anscheinend war ihr das peinlich.

„Na dann viel Glück", lachte ich und bedeutete Bob mit dem Daumen über meiner Kehle fahrend die Verbindung zu beenden.

Und was machen wir wegen deinem Wunsch? Erschien über meinem Avatar auf dem Display.

Das hatte ich völlig vergessen, denn nach den Ereignissen an diesem Morgen und Chacsis Angriffsdrohung gestern Abend war ich zu beschäftigt gewesen. Daher tippte ich nun eine Antwort:

Was wäre denn der nächste Punkt auf der Liste?

Bob ließ das mittlerweile bekannte Fenster aufleuchten, und ich sah das ein weiterer kurzer Satz rot blinkte:

Renate kann in Rente gehen

Da mir Chacsis Anpfiff von letzter Nacht noch im Gedächtnis geblieben war, dass ich nie etwas für andere tun würde, bestätigte ich mit der roten Taste.

Als ich im Thronsaal auf Renate stieß die gerade mit ihrem Handy herumhantierte, erfuhr ich das die Rentenkasse ihr Bescheid gegeben hatte das sie nicht mehr arbeiten musste.

„Und was soll ich nun stattdessen machen?", erkundigte sie sich zweifelnd bei mir.

Ich zuckte mit den Achseln: „Zeit und Geld haben wir, also lass uns doch hierbleiben und sehen was das Leben noch so für uns bereithält."

„Wär mir recht, aber wie stellst du dir das vor? Allein das wir in dieser Hütte rumhängen kommt mir komisch vor, von deinem plötzlichen Reichtum mal ganz abgesehen" erkundigte sie sich misstrauisch.

In diesem Moment entschied ich mich Renate einzuweihen. Nicht das ich daran noch keinen Gedanken verschwendet hätte, aber ich hatte irgendwie das Gefühl, dass ich Bob für mich haben wollte.

Eine Stunde und mehrere Brezeln später, saßen Renate und ich immer noch im Wintergarten des Schlosses und genossen die Aussicht.

„Und das soll ich dir glauben?", fragte meine Freundin verwirrt und skeptisch.

„Soll ich Bob mal fragen, ob er dich auch mal mitnehmen kann?" versuchte ich ihre Bedenken zu zerstreuen.

Renate nickte und ich kramte mein pinkes Handy hervor:

Ich: *Bob, hast du mitgehört?*

Bob: *Ich bin ja nicht taub falls du das meinst, und die Antwort ist ja, solange du es befielst kann ich es machen.*

„Er sagt das das klargeht, also wollen wir ein Spielchen wagen?", fragte ich Renate.

Sie grinste boshaft: „In Ordnung, ich hoffe nur wir können ein paar Amis grillen!"

Der nächste auf der Liste war *Jave*, scheinbar ein weiterer Spieler mit unfassbar kitschigem Namensverständnis. Doch dank meiner Lektüre wusste ich zumindest, dass die Juden so ihren Vereinsvorsitzenden nannten. Vielleicht würden wir dabei zusehen können wie das mit dem Holocaust tatsächlich war (Keine Sorge, ich leugne das nicht, da können ja schlecht sechs Millionen Menschen mal eben auf Klassenfahrt gegangen sein) oder aber auch ein von Chacsi umgebautes Level. Ich war trotz der Gefahr das Spiel zu verlieren zuversichtlich. Bob hatte bereits die Vorgaben des Levels in Erfahrung gebracht. Es handelte sich um einen *Spymode*. Also würden wir wahrscheinlich sowas wie Agenten spielen dürfen.

„Und jetzt?", fragte Renate die mich und das Handy in meiner Hand kritisch musterte.

„Jetzt holt uns Bob ins Spiel", kicherte ich nervös, als der Wintergarten um uns herum auch schon verschwand.

19. GEGENPOL

Wir konnten um uns herum nichts anderes sehen als Wald. Sehr dichten Wald.

„Na ja, ich hätte mir das irgendwie", Renate gluckste belustigt, „weniger botanisch vorgestellt"

Bob verbeugte sich elegant vor uns, er trug heute einen Lederpanzer in grüner Farbe und war mit einem Streitkolben bewaffnet. „Hallo ihr zwei, willkommen in Germanien!" Lächelte er uns an.

„Wad?", fragte ich ihn verwirrt, „ich dachte wir machen einen auf Geheimagenten!?"

„Oder Amikiller!", Beschwerte sich Renate.

„Geduld meine Freunde! Dieses Mal gibt es ein Zeitlimit, und das dürfte Jannes Meisterin eingebaut haben, denn der ursprüngliche Level hatte keinen. Das kompliziert die Sache zwar, aber, wenn wir uns ranhalten schaffen wir das!", machte Bob uns Mut.

„Also? Worum geht's?", harkte ich nach.

Mein Avatar begann schnell zu erklären: „Wir befinden uns im Jahre neun, die Römer marschieren hier irgendwo durch die Gegend und wollen den Germanen einen auf den Pelz brennen. Das Problem scheint nur zu sein, dass unsere gepanzerte Gutmenschin den Römern einen Tipp gegeben hat das die Germanen aus dem Hinterhalt angreifen wollen. Als Grund dafür scheinen unsere Gegner angegeben zu haben, dass die Germanen ein wenig Zivilisation vertragen könnten."

„Hat ja bis heute nicht wirklich funktioniert, wenn ihr mich fragt", grunzte Renate.

„Das sich die beiden Weltretterinnen mit so etwas Profanen wie Schlachten abgeben ist schon merkwürdig, findet ihr nicht?" Setzte ich noch hinzu.

Bob drängte zur Eile: „Keine Zeit für Witze, in einer halben Stunde beginnen die Römer ein Lager zu befestigen, wenn wir es nicht schaffen sie davor zu erledigen, haben wir verloren!"

Das war allerdings ein heikles Problem, wie sollten wir mehrere tausend Soldaten dazu bekommen, sich umnieten zu lassen?

Renate schlug folgendes vor: „Wie wär's mit Gift? Ich bin zwar keine Chemikerin, aber es muss doch was geben, das wir ihnen in die Kehle schütten können."

„Nein, dauert zu lange fürchte ich", sagte Bob und schüttelte bedauernd den Kopf.

„Was machen eigentlich die Germanen gerade?" kam mir die Idee.

„Ich schätze mal, das was dieses Volk seid tausenden Jahren macht, Grillen und Saufen", kam es gelangweilt von meinem Avatar.

„Ich hab eine Idee", wand ich mich an meine Freunde, „was passiert, wenn wir den Germanen das Bier, oder was auch immer sie trinken, klauen und eine römische Flagge oder sowas da lassen? Soweit ich mich erinnere werden die doch von einem Deserteur angeführt, der müsste doch genug Grips haben um eins und eins zusammenzuzählen."

„Gute Idee Meister", lobte Bob, „aber wie machen wir den Leuten begreiflich, das sie innerhalb der nächsten halben Stunde angreifen müssen?"

„Nichts leichter als das", grinste ich ihn an, „Chacsi und Janne haben vergessen eine Option zu sperren!"

„Und das ist gut für was?", fragte Renate die interessiert zugehört hatte.

„Wir können den Countdown vielleicht nicht anhalten, aber dafür können wir in der Zeit zurückreisen und die Germanen rechtzeitig in Marsch setzen!"

Gesagt getan, ich tippte auf den Button der uns ein paar Tage zurück versetzte, und wir klauten (In diesem Spielmodus konnte sich der Spieler unsichtbar machen) sämtliche Vorräte der Germanen. Als wir wieder an dem Datum angelangt waren an dem der Countdown einsetzte, Brachen mitten im Wald mehrere sehr wütende und durstige Germanen über die verdatterten Römer herein. Dank der Warnung Chacsis und Jannes hatten die drei Legionen zwar eine andere Route genommen als vorgesehen, aber das half ihnen gegen die von uns auf Alkoholentzug geschickten Germanen nichts.

Nachdem der letzte Römer mit dem Schrei: „Warum Gajus Varus!?" unter der Axt eines Hünen in Fell gefallen war, erschien die Meldung das wir gewonnen hatten.

„Hätte nicht gedacht das wir es so gut hinbekommen würden", meinte Renate lapidar.

„Ja, der Einfall mit der Zeitreise war Gold wert Meister!", stimmte Bob ihr kichernd zu.

„Und ich weiß auch schon was uns im nächsten Level erwartet", grinste ich die beiden an, „Chacsi und ihre Blechbraut werden sich bestimmt keine allzu große Mühe gegeben haben, wenn sie sogar so eine einfache Möglichkeit zum bescheißen durchgehen lassen."

Mein Avatar stutzte: „Also willst du sie angreifen?"

Ich nickte ernst: „Worauf du deinen Pixelhintern verwetten kannst, wenn ich schon den Bösen spielen muss, dann wenigstens mit Stil!"

Zurück auf Neuschwanstein einigten sich Renate und ich darauf, dass wir erst morgen mit Chacsi und ihrem Mannsweib aufräumen würden. Jetzt wollten wir erstmal unseren Sieg begießen und orderten beim Personal eine Flasche Champagner. Während des Tages Fachsimpelten wir was man alles mit dem Wunsch aus dem Sieg anstellen konnte.

„Wir sollten ein paar knackige Kerle her beordern!", lallte Renate gierig.

„Dann ruf dir einen Callboy, für sowas will ich meinen Wunsch nicht verkloppen!", wand ich ein.

„Und für was würdest du ihn nehmen wollen?" runzelte sie die Stirn.

Ich überlegte kurz: „Vielleicht sollte ich Chacsi einen kleinen Dämpfer verpassen."

„Was schwebt dir vor?" fragte Renate neugierig.

„Wie wär's", mein Grinsen wurde noch breiter, „wenn wir unsere eigene Regierung aufstellen!? Dann könnten wir den Pennern in Berlin zeigen, wo der Hammer hängt!"

„Können wir das denn so einfach?" wunderte sich meine Freundin während ihre Augen glitzerten.

Ich beschloss Barak Obama etwas zu klauen: „Yes we can!"

20. DAS LEVEL DES GEISTES

Renate saß am nächsten Morgen am Frühstückstisch und las aus einer der Zeitungen die uns die Bediensteten gebracht hatten, laut vor:

„... angekündigt. Berlin will sich weitere Maßnahmen gegen das Referendum aus Bayern vorbehalten. Es ist zum jetzigen Zeitpunkt noch nicht geklärt, warum das neue selbsternannte Königreich Bayern seine Separation auf derart schnelle Weise vollzogen hat. Auf Anfrage ließ München ausrichten: ‚Der König ist derzeit nicht zu sprechen!'"

Ich lachte, und wackelte an der Krone die neben dem Teller mit der Butter lag. „Das hat ja besser geklappt als erwartet", kicherte ich meinen Kaffee an.

Renate kicherte mit: „Das Gesicht von deiner Konkurrentin in ihrem dämlichen Preußenland hätte ich schon gerne gesehen!"

Da ich Brandenburger bin, störte mich der kleine Seitenhieb nicht sonderlich. „Allerdings, sie schreibt mir alle drei Minuten neue Drohnachrichten. Bob kullert sich auf einem Berg von –*drigend!*- Mails. Aber was machen wir, wenn sie tatsächlich anrückt?"

Meine Tischgefährtin zuckte die Schultern: „Wenn sie schlau ist, lässt sie`s bleiben."

Im Grunde wusste ich das Renate Recht hatte. Am Abend zuvor waren wir alle Einzelheiten für den Wunsch miteinander durchgegangen. Als erstes hatten wir ein Referendum vor einer Woche vorgegeben. Danach den Regierungssitz auf Schloss Neuschwanstein verlegt, die Schweiz und Österreich zusammen mit Frankreich für die Unabhängigkeit Bayerns Garantien geben lassen und zu guter Letzt noch eine Top-Moderne Armee nach US-amerikanischen Vorbild eingefügt. Kurz nach vier Uhr morgens war alles für den Wunsch fertig, und wir lehnten uns zurück um zu zusehen was passieren würde.

Es hatte besser als erwartet funktioniert.

Doch in Berlin war man offenbar anderer Ansicht was die abtrünnige Liegenschaft im Süden betraf. Seit heute Morgen tagte ein Krisenstab unter Bundeskanzlerin Segermann der außer dieser natürlich nicht wusste wie es zu dem Staatstreich in Bayern gekommen war.

„Haben sie noch einen Wunsch?", erkundigte sich unsere sympathische Berlinerin.

Renate schüttelte den Kopf: „Wie machen sie das nur? Das ganze Schloss glänzt und wir beiden sonnen uns hier. Wird ihnen das nicht langweilig?"

„Eben! Ich könnte ja zur Not auch noch was drauflegen!" erschrak ich überrumpelt.

Die alte Frau lächelte mich an: „Ne lass ma, alled jut!"

„Warum reden sie eigentlich manchmal Dialekt und manchmal ganz normal?" erkundigte ich mich als sie mir meinen Kaffee nachschenkte (in eine original „Kini" Tasse!).

Sie zuckte uns entschuldigend das Kinn entgegen. „Ich arbeite seit der Wende ständig im Westen. Da gibt's doch genauso viele Dialekte wie bei uns. Ich habe versucht mich zu integrieren und den jeweiligen Kauderwelsch zu lernen, irgendwann kam Hochdeutsch raus, aber auch mein eigener Dialekt."

Ich nickte wissend: „Ging mir auch so. Meine Eltern wollen auf Biegen und Brechen Schwaben sein, ich bin gestraft!"

„Wenn ihr fertig seid", warf Renate ein, „wir hatten noch was vor. Erinnerst du dich?"

Als unsere Kellnerin verschwunden war, zog ich mein Handy um zu sehen was es neues gab auf dem Highscore:

1-Zeus

2-Amaterasu

3-Ra

4-Alla

5-Gott

6-Chacsi

7-Bob

8-Jave

9-Budda

10-Odin

Also war alles noch wie gestern. Chacsi hatte Gott offenbar nicht noch einmal herausgefordert. Hätte mich auch gewundert bei ihrem Stress in Berlin den sie sich selber aufgehalst hatte.

„Alles beim alten", begann ich und Renate lauschte gespannt, „Bob meinte, das sie ein Level im kaiserlichen China hat. Was genau sie allerdings da so rumstehen lässt, kann ich nicht sagen. Als wir dort waren haben wir außer einem Palast und jeder Menge Pagoden nichts weiter gesehen."

„Also China hmm?", grummelte meine Freundin, „und wann?"

Ich fragte Bob ob er irgendwas darüber wusste. Doch er meinte das das Level besonders verstrickt sei. Offenbar hatte Chacsi sich nicht damit begnügt einen Fehler wie in Germanien zu begehen und alles auf maximale Schwierigkeit ausgelegt.

„Ich sag mal so, eine Chance besteht das wir sie schlagen. Allerdings könnte es auch eine Falle sein und wie ich Chacsi und ihren Blecheimer kenne, läuft es wohl darauf hinaus." Seufzte ich Renate an.

Sie kicherte: „Kopf hoch kleiner! Wenn wir die Römer plattmachen können, dann schaffen wir ein paar Schlitzaugen doch mit links!"

Ich war mir da nicht so sicher. Doch Renates Zuversicht und mein Ego ließen mich hochtrabend in mein Handy tippen:

Also los Bob, wir wollen die Damen nicht warten lassen!

Nach dem üblichen Prozedere erklärte uns Bob in einer angegammelten Lederrüstung, was Phase war: „China stimmt, kaiserlich allerdings nicht. Wir befinden uns etwa dreihundert bis fünfhundert vor Jahr Null. Und dies hier", er machte eine den weiten Platz umfassende Geste, „Ist das Königreich Wu. Zumindest sollte es das sein, aber irgendwas stimmt nicht. Ich kann keine Informationen über die Spielweise abrufen", er zog die Stirn kraus.

Gerade als ich ihn warnen wollte das sowas Falten macht, tauchte Janne in ihrer üblichen Großkotzrüstung auf und gleich hinter ihr; Chacsi.

Sie sah sehr wütend aus: „Glaubst du allen Ernstes ich lasse dich hier einfach so durchmarschieren?"

„Ja", sage ich gespielt lässig.

„Meine Herrin war bereits auf Rang Fünf, du solltest deinem Lump von einem Meister erklären was das bedeutet!", blaffte die gepanzerte Maid den abgehalftert wirkenden Bob an.

„Wollt ich ja gerade tun, aber ihr beiden Büstenhalter auf zwei Beinen versaut einem ja jeden coolen Auftritt!", maulte mein Avatar und freute sich diebisch, das die beiden rot wie Tomaten wurden.

„Hör zu", begann Chacsi mit einem triumphierenden Lächeln, täuschte ich mich oder schwang da tatsächlich so etwas wie Interesse oder Spieltrieb mit? „Ich habe dank dem Fünften Platz die Möglichkeit ganze Level nach meinen eigenen Vorstellungen zu gestalten. Und das weit über diese Level bauen Funktion hinaus. Sieh dich um, ich habe das schwierigste Level geschaffen, das man sich vorstellen kann!" Sie breitete die Arme aus und deutete auf den von Pagoden umgebenen Platz.

Ich zuckte die Achseln, so als würde ich ganz lässig mit der Situation umgehen können: „Wenn du meinst."

Janne ging wie geplant an die Decke: „Nur weil die Herren mit ihren Kanonen und Bomben spielen können, heißt das noch lange nicht das sie auch Grips haben!" Sie spuckte elegant vor unsere Füße.

„Sehe ich für dich aus wie ein Mann du Froschfresserin im Keuchheitsgürtel??", schnauzte Renate wütend.

„Wenn ihr mit diesen Halunken zugange seid, kann ich euch keinen Respekt zollen!", keifte die Jungfrau von Orléans.

Ich stieß hörbar genervt Luft aus: „Chacsi, mal ehrlich muss dein Avatar noch nerviger sein als du?"

Sie hob arrogant eine Augenbraue: „Lass uns anfangen, ich habe Wichtigeres zu tun!"

„Ach ja, Frau Bundeskanzlerin! Wie hast du dir das eigentlich gedacht? Glaubst du die werden dich nicht irgendwann als Minderjährige entlarven? Mal ehrlich, wie bist du auf diese Idee gekommen, Größenwahn oder Führerallüren?" lachte ich sie aus.

Zu meinem Erstaunen schien die Tirade ihr tatsächlich weh getan zu haben: „Du Arschloch!", schniefte sie fast. „Ich versuche der Menschheit eine Chance zu geben und du gründest mit einem praktisch allmächtigen Wunsch erstmal ein Königreich!"

„Was ich mit meinen Wünschen mache geht dich gar nichts an!", konterte ich lahm.

„Das alle Dinge, die wir mit dem Spiel tun, Auswirkung auf die reale Welt haben ist dir noch nicht in den Sinn gekommen oder?", sagte Chacsi mir ernst ins Gesicht.

Ich wollte antworten, doch Renate fiel mir ins Wort: „Und? Darf der Mensch nicht frei sein Frau Weltretterin? Oder sollen wir alle nach deiner Pfeife tanzen?"

„Ich, äh, also", stotterte die Bundeskanzlerin, „natürlich nicht! Jeder soll machen, was er will ohne einen anderen Schaden zu zufügen!"

Renate kam erst richtig in Fahrt: „Aber Ausbeuten ist kein Schaden oder? Was ist mit Kinderarbeit oder diesen degenerierten Parasiten von Millionenerben?"

Chacsi war nun wirklich kurz vorm heulen: „Ich versuche doch mein bestes!"

„Scheinbar reicht das nicht!", brüllte die Krankenschwester.

Ich beschloss einzuschreiten: „Können wir das auf später verschieben? Ich möchte das Level spielen und hören was wir machen müssen, um zu gewinnen."

Janne klapperte amüsiert in ihrer Rüstung: „Hier werden euch eure rabiaten Mittel nichts helfen, wir haben den schwierigsten Level erstellt den es gibt! Hier ist Köpfchen gefragt, nicht rohe Gewalt!"

Bei den Kommentaren ihres Avatars war Chacsi ein wenig verlegen in sich zusammengesunken, scheinbar hatte sie im Gegensatz zu Janne Zweifel.

„Dann los Blechbüchse", verdrehte Bob die Augen, „erzähl was in deinem Jungfrauenhirn so vorgeht!"

Ungerührt fuhr Chacsis Eisenmaid fort: „Nun denn, das Level haben wir über einen Mod erstellt. Zwar befinden wir uns in China, aber hier gelten die Regeln des alten Griechenland!" Sie machte eine theatralische Pause die ich voll überzogen fand. „Jeder Streit muss mit einem gelehrten Disput ausgetragen werden! Und der König entscheidet", sie deutete auf einen alten Mann der sich gerade in einen thronartigen Sessel fallen ließ der unter dem Vordach der Pagode stand. „Nur gelehrte Weise werden vor seinem Urteil bestehen und das Beste ist, wir dürfen anfangen!" Schloss Janne ihre Erklärung ab.

„Ist das nicht ein bisschen unfair?" Fragte ich zweifelnd Chacsi.

Sie neigte den Kopf ein wenig: „Was verstehen den die Bösen von Fairness?"

Renate gluckste: „Scheiß Gutmenschen!"

Bob wirkte nervös: „Man könnte es cheaten nennen."

Janne lachte in einem unerwarteten Bariton: „Aber ihr habt doch angegriffen, wird Zeit das ihr beweist, was ihr könnt!"

21. PUSSY`S IN RIOT

Wir sahen zu wie Chacsi und Janne zu dem Alten auf den Thron gingen. Beide hatten mehrere Schriftrollen und Dokumente bei sich. Was genau sie dem König vorschlugen, konnten wir nicht hören, aber es gefiel ihm außerordentlich.

„Was machen wir jetzt? Die beiden sehen zwar nicht aus wie die Hellsten, aber man weiß ja nie", gab Renate zu bedenken.

„So wie ich die Sache sehe, haben wir das Spiel schon so gut wie gewonnen!", kicherte Bob wider Erwarten.

„Kannst du das auch begründen?", fragte ich skeptisch.

Bob stieß mich mit der Faust an den Arm: „Mann, die haben bis jetzt doch immer noch keine Bibliothek aufgesucht, du hast eine ganze Uni in deinem Schädel Meister! Wie also sollen sie uns schlagen, wenn es um Wissen geht?"

Das Argument war allerdings einleuchtend. Ich hätte es in Chacsis Ausdruck gemerkt, wenn sie plötzlich ihren (zugegeben) hübschen Mund mit ungewöhnlich hochtrabenden Phrasen benetzt hätte. Da das aber nicht der Fall war, konnte ich mich bei diesem Wissensduell im Vorteil wähnen.

„Ihr seid dran!", rief Janne belustigt von unter dem Vordach.

Als wir uns der Pagode zuwandten, schlugen die Tore an allen anderen den Platz umstehenden auf. Ich konnte es nicht fassen. Chacsi und Janne hatten ihren Zug mit einer Überraschung der besonderen Art begonnen. Aus allen Richtungen, stürmten junge wunderschöne Frauen auf den Platz und auf den greisen König zu. Sie kicherten Ohrenbetäubend und alberten herum. Der König war hoch rot angelaufen, und starrte lüstern in die Runde.

„Klasse, gegen einen alten notgeilen Sack und eine Horde junger Nutten haben wir doch keine Chance!", stöhnte Renate.

Bob sah das ähnlich: „Game Over fürchte ich, wie sollen wir dagegen ankommen?"

Janne und ihre Herrin traten zwischen der Mauer aus Konkubinen hervor: „Und? Wie gefällt euch das Spiel?" grinste Chacsi süffisant.

„Was habt ihr dem Alten erzählt?", rief ich staunend über das Geschrei der Mädchen meinen beiden Konkurrenten zu.

Janne lachte mich unverhohlen aus: „Glaubt Ihr ein alter hat keine Freude an der Jugend? Wir haben ihm einen Vorschlag gemacht, den er nicht ablehnen konnte...", sie wollte weiterprahlen, doch Chacsi bewies, dass sie mehr Grips hatte.

„Lass gut sein, sie sollen sich die Zähne daran ausbeißen!", sagte sie und legte ihrem Avatar eine Hand auf den gepanzerten Arm.

„Ich tippe mal auf Platon, Philosophenkönige, die wegen ihrem ach so tollen Verdiensten die heißesten Frauen bekommen!", warf Bob missmutig ein.

Verblüfft starrten Chacsi und Janne ihn an, sagten aber nichts.

„Und in wie fern hilft uns das?", fragte Renate.

„Gar nicht!", hob Janne erneut an, „Platon wird auch im einundzwanzigsten Jahrhundert noch diskutiert! Philosophie ist eine mächtige Macht!", lachte die Jungfrau.

„Da könnte sie recht haben", sagte mein Avatar mit belegter Stimme.

„Und jetzt geben wir auf oder wie?" hauchte Renate traurig.

„Warum denn?" entfuhr es mir als wir beim König der mit nicht weniger als drei jungen Dingern flirtete, angekommen waren. „Alles was wir tun müssen, ist ihren Platon mit etwas zu schlagen, das auf den Alten noch mehr Eindruck macht."

Zum ersten Mal erschrak ich über die akkurate Umsetzung des Spiels. Der König wand den Kopf zu uns und sah finster in unsere Gesichter: „Wen nennt ihr hier alt!? Ich habe noch Jahre vor mir in denen Gesindel wie ihr mit Sicherheit winselnd im Staub vor mir kriechen werdet!"

Ich sah zu Chacsi hinüber, die wissend grinste bevor sie rief: „Fragt ihn doch mal wie er sich das Leben so wünscht!"

Da uns nichts Besseres einfiel, taten wir ihr den Gefallen, und bekamen eine erschreckend konsequente Antwort: „Ich habe alles was ich brauche! Jugend und Alter bilden die Einheit der Seele! Und nun sprecht! Was wollt ihr?"

Renate versuchte es als erste: „Würdet ihr vielleicht ein paar medizinische Geheimnisse aus der Zukunft gegen euren neuen, äää, Hofstaat tauschen?"

„Seid ihr verrückt?", polterte der König los, „Jeder weiß doch, das junge Frauen die beste Medizin sind!"

Bob überlegte kurz bevor er sagte: „Habt ihr sonst noch Wünsche für eure Zukunft?"

Er erntete einen vernichtenden Blick: „Junge! Ich bin umgeben von den schönsten Frauen der Welt! Was soll ich mir mehr wünschen!?"

„Ha! Gegen eine Armee von weiblicher Schönheit kommt ihr nicht an!", spottete Janne siegessicher von der Seite.

Da fiel mir Opa wieder ein. Er war zu seiner Zeit beim großen Bruder zu Besuch. In der Sowjetunion hatte er an einer langwierigen Übung des Warschauer Paktes teilgenommen. Opa hatte immer gesagt: *Wenn wir eins von den Russen lernen können, dann ist das saufen!* Ich glaubte zwar nicht das mir mein NVA Opa in Offiziersuniform hier weiterhelfen konnte, aber dank Janne war ich auf eine Idee gekommen. Mein Großvater hatte eines Abends davon erzählt das die Amis vielleicht über die bessere Technik oder sogar Moral verfügten, von einer Sache hätten sie aber bis heute keine Ahnung. Er hielt mir ein kleines Buch vor die Nase und sagte: *Das ist der wahre Kern der Überlegenheit des Ostblocks, mehr können wir nicht gegen die Amerikaner ins Feld führen, irgendwie wie bei Hitler!* Da meine Oma dummerweise einen anderen Arbeitgeber gehabt hatte als Opa, wurde er am nächsten Tag von der Stasi zu acht Jahren Kuraufenthalt in Schwedt geladen.

Die Szene war mir im Gedächtnis geblieben. Wie einem alles im Gedächtnis bleibt, was großspurige alte Männer so von sich geben. Doch nicht Opas Tirade über den unfähigen Russen oder die feigen Amis brannte wie Braunkohle in meinem Gehirn nach, es war das Buch das er mir gezeigt hatte.

„Ich habe eine Idee Leute!", zischte ich meinen Freunden zu.

„Und?", fragten Renate und Bob gleichzeitig.

„Lasst uns eine Wette mit dem König machen!", schlug ich vor.

„Und das soll was genau bewirken?", zweifelte mein Avatar.

„Wartet`s mal ab!", grinste ich sie an.

Kurz nachdem ich meinen Gefährten erklärt hatte, was zu tun war, Renate fragte ungläubig: „Echt jetzt? Ich soll das genauso machen wie du sagst?", traten wir erneut an den König heran.

Mittlerweile hatte er mit vier Damen ein regelrechtes tet à tet aufgebaut. „Was wollt ihr noch?", knurrte er als wir uns ihm näherten.

„Eure Majestät, was haltet ihr von einer Wette?", fragte ich lauernd.

„Wette?", krächzte der Alte zwischen den Brüsten eines der Mädchen.

„Genau! Ich schlage vor, dass ihr uns zu den Siegern des Spiels erklärt, wenn wir gewinnen, und wenn nicht dann Chacsi und ihre eiserne Jungfrau!", trötete ich in exzellenter Heroldsmanier.

Der König runzelte die Stirn: „Was schlagt ihr also vor?"

„Ich wette, ich kann eure Damen in einem Tag in eine echte Armee verwandeln, vor euren Augen. Und wenn euch die Mädchen schon gefallen, dann bedenkt was ihr mit den Herren der Schöpfung (Hihihi) anstellen könnt. Wenn sie einmal eine echte Armee haben euer Majestät, dann steht ihnen die Welt offen, und ihr könnt mehr hinterlassen als lediglich Kinder!" Bibbernd wartete ich mit Renate und Bob auf die Antwort.

Der König auf seinem Thron blickte zu uns, und ich sah ein gieriges Glitzern in seinen Augen als er sagte: „Einverstanden!"

22. HAARENTFERNER

Chacsi und Janne sahen ungläubig zu wie ich begann die

kichernden Hühner auf dem Platz in vier Gruppen einzuteilen. Das dauerte eine halbe Stunde, aber so hatte ich mir das ja auch ausgedacht. Als nächstes wand ich mich an den König während dieser noch mit seinen vier Gespielinnen zu Gange war: „Um die Wette ordnungsgemäß zu probieren, müsstet ihr mich noch für diesen einen Tag in den Rang eines Generals erheben euer Majestät", sagte ich.

Der König blickte auf, und die Frauen seufzten leidenschaftlich. „Wie? Ach so, ja gut!"

Ich gab Bob und Renate das Zeichen mit der Show zu beginnen die wir uns ausgedacht hatten. Meine beiden Gefährten traten an den Thron heran und schnappten sich je eine der Konkubinen.

„Was? Was soll das!?", empörte sich der König.

Doch Renate und mein Avatar schubsten die beiden Mädchen auf den Platz hinaus und holten gleich darauf auch noch die anderen. Nun saß der König verwirrt in seinem Sessel: „Erklärt euch!" Befahl er barsch und sah mich an.

„Ihr habt mich zum General ernannt, und mir die Aufgabe gestellt aus einer Horde undisziplinierter Frauen eine schlagkräftige Truppe zu formen. Also werde ich dies nach eurem Befehl auch durchführen, dass beinhaltet selbstverständlich auch das ihr meine Methoden billigt", erklärte ich in ruhigem Ton.

„Aber die vier sind", ich unterbrach den König direkt wider.

„Kein aber euer Majestät", flötete ich sanft wie ein Katzenbaby, „meine Aufgabe ist es euch zu beweisen das auch Frauen militärisch geschult werden können. Daher muss ich darauf bestehen das ihr eure Favoritinnen ebenfalls meinem Drill unterzieht, andernfalls bliebe die Möglichkeit das ihr die Wette im Nachhinein für ungültig erklärt. Versteht ihr? Alle Frauen müssen mitmachen, andernfalls könnten die beiden", ich deutete auf Janne und deren Herrin, „sagen das das Spiel ungültig war."

„Und die beiden müssen nicht mitmachen?" Erkundigte sich der König skeptisch.

Ich schüttelte sanft den Kopf: „Nur von eurem Hofstaat war die Regel der Vereinbarung."

„Nun gut, ich will mir ansehen was ihr behauptet zu können!" murrte der Alte.

Die vier Lieblinge des Königs ernannte ich zu den Führerinnen der vier Abteilungen auf dem Platz. Danach schleppten Bob und Renate Bündelweise Speere an. Mein erster Befehl an die „Armee" war einfach:

„Jede nimmt sich eine Waffe, und stellt sich zurück zu ihrer Einheit."

Bereits jetzt wurde klar das die Frauen alles andere als kooperativ handeln würden. Sie kicherten in einer Tour und meckerten über die schweren Speere. Bob und Renate standen neben den Bündeln und gaben freundlich Hilfestellung, wenn eine der zierlichen Geschöpfe Probleme damit hatte ihre Waffe in die richtige Haltung zu bekommen.

Eine weitere Stunde später, standen die Damen wieder in Reih und Glied. Vor den Zügen standen die vier „Offizierinnen" und starrten gelangweilt auf Renate, Bob und mich die vor ihnen standen.

„Als General ist es meine Aufgabe dem König eine disziplinierte Truppe zu präsentieren, daher werden wir nun das Exerzieren ein wenig üben!" Verkündete ich laut,

„Wenn mein Kollege hier", wobei ich auf Renate zeigte die eine riesige Trommel vor sich hatte, „aufhört zu schlagen, ertönt ein Befehl. Dieser wird dan von euch meine Damen augenblicklich umgesetzt."

Es schien noch ein paar Ungereimtheiten zu geben, denn die Truppe wirkte verwirrt und begann zu tuscheln.

„Versteht ihr was ich euch sage?", rief ich in die Menge.

„Ja, irgendwie schon, aber was wollt ihr denn von uns?", antwortete eine der Frauen die beim König bleibenden Eindruck hinterlassen hatten.

„Wenn ich den Befehl: *links um!* gebe, dreht ihr euch links um. Wenn ich den Befehl: *rechts rum!* gebe, dreht ihr euch rechtsherum. Bei *stillgestanden!* und *marsch!* Macht ihr einfach das was der Befehl sagt. Sind meine Anweisungen verständlich?", erkundigte ich mich freundlich bei den Zugleiterinnen.

Sie nickten und schienen kurz davor in einen hysterischen Kicheranfall zu geraten. Ich gab Renate das Zeichen, und sie begann zu trommeln.

Nach etwa einer Minute hörte sie auf mein Zeichen damit auf, und mit einem Schlag wurde es Still auf dem Platz.

„RECHTS UM!", donnerte ich in meinem lautesten Tonfall.

Die Reaktion war ganz nach meinem Geschmack, alle Mädchen und auch Chacsi, Janne und der König brachen in schallendes Gelächter aus.

Ich ließ mich nicht beirren, und wartete bis Ruhe eingekehrt war ehe ich sagte: „Wenn euch nicht klar war was ihr auf Befehl zu tun habt, dann liegt die Schuld beim General, also mir"

Der Alte unter seiner Pagode nickte amüsiert und warf einer seiner Konkubinen eine Kusshand zu.

„Nun denn, auf ein Neues", rief ich in heiterem Ton den Damen zu.

Erneut begann Renate zu trommeln, diesmal wie verabredet noch länger. Als sie erneut auf mein Zeichen hin stoppte, rief ich: „LINKS UM!"

Erneut brach verstärkte Heiterkeit über die Versammelten herein.

Ich blieb dennoch ruhig und erläuterte sachlich abgeklärt: „Wenn euch nicht klar war, was ihr auf Befehl zu tun habt, dann liegt die Schuld beim General, also mir. Sollte euch allerdings klar gewesen sein, was ihr zu tun hattet, und

ihr dennoch nicht gehorcht, so liegt die Schuld bei den Offi-
zieren."

Ich gab Bob unser verabredetes Zeichen, und er
schleppte die vier Lieblinge des Königs vor mir zusammen.

„Was soll das?", beschwerte sich der König wegen
der rüden Behandlung seiner Gespielinnen.

Ich reagierte nicht auf ihn. „Tu es!", befahl ich stattdessen meinem Avatar.

Bob hob sein Beil, und schlug einer nach der anderen
den Kopf ab.

Chacsi musste Kotzen, Janne war bleicher geworden
als ihr guttat, und der König war vor Entsetzen aufgesprun-
gen.

„Ihr vier", ich deutete wahllos nacheinander auf die
schrecken starrenden Mädchen in den ersten Reihen, „seid
gerade befördert worden, soll ich euch noch einmal die Befehle erklären?", fragte ich liebenswürdig wie ein Teddybär.

Verstört schüttelten die neuen „Offiziere" ihre Köpfe.

Ich nickte Renate zu, und erneut erfüllte Trommeln
den Platz.

Nach einer halben Minute ließ ich das gleichmäßige Wummern verstummen und gab den Befehl: „RECHTS UM MARSCH!"

Alle Mädchen gingen gleichzeitig in die gewiesene Richtung.

„STILLGESTANDEN!", lautete die nächste Anweisung und auch diese wurde perfekt befolgt.

Eine Stunde später, erklärte der grimmige König uns zu den Siegern des Spiels.

„Du musst wahnsinnig sein!", keifte Chacsi ehe sie sich aus ihrem Level ausklinkte.

„Wieso? Ich habe lediglich ein Buch gegen ein anderes antreten lassen, genau wie du es gewollt hast", sagte ich achselzuckend.

„Und welches war`s?", wollte Janne immer noch erschrocken wissen.

Mit einem Druck auf den -Zurücksetzen- Button im Menü vor mir, splitterte das halbe Level. Die „geköpften" Mädchen erschienen wieder auf dem Platz. Dank Opas Bemerkung über das Buch und ein wenig Hilfe aus dem -Tricks- Menü, war es mir gelungen die vier jungen Dinger hinter einem Spiegelschild zu verstecken. Der Rest war Show nach Plan.

Bob kicherte sie überheblich an: „Die Kunst des Krieges."

23. TRAEUME SIND SCHAEUME

Der Ton aus Berlin wurde noch am selben Tag deutlich schärfer, man drohte mit Sanktionen. Renate und ich lachten uns vor dem Fernseher (unsere fürsorgliche Berlinerin hatte mittlerweile einen im Torhaus von Neuschwanstein aufgestellt) halb tot.

„Scheint als wäre die Bundesschwatzlerin sauer, was?", kicherte Renate mädchenhaft.

Ich nickte mehrmals cool mit dem Kopf. „Auf jeden! Die beißt bestimmt gerade so richtig in ihren Schreibtisch!"

An der Tatsache das Chacsi unter mir lag (nicht das was Sie denken Sie Ferkel!) konnte ich mich auf dem Display gar nicht satt sehen:

1-Zeus

2-Amaterasu

3-Ra

4-Alla

5-Gott

6-Bob

7-Chacsi

8-Jave

9-Budda

10-Odin

Auch Bob drückte wohligste Zufriedenheit aus, dass er seiner gepanzerten Konkurrentin ein Schnippchen hatte schlagen können. *Saubere Sache, jetzt haben wir fast die Hälfte des Spiels geschafft!* Lobte er in seiner Sprechblase.

„Was machen wir als nächstes?" Erkundigte sich Renate mit seltsam lauernder Mine.

Ich zuckte die Achseln: „Heute hab ich keine Lust mehr zu irgendwas, ich denk ich hau mich aufs Ohr."

Es war bereits nach neun, und die Schlacht gegen Chacsi und ihren Avatar hatte mich doch mehr erschöpft als gedacht.

„Dann lass dich nicht aufhalten, aber gib mir mal dein Handy damit ich mich mit dem kleinen Kerl noch ein wenig amüsieren kann", grinste Renate.

„Klar, aber macht nicht mehr so lange, ich denke das der *Gott*-Level auch so schon schwierig genug wird." Gähnte ich meiner Freundin zu, und warf ihr im Hinausgehen Bobs pinke Behausung zu.

Ich schlief wie auf Wolken. In meinen Träumen trampelte ich über märkischen Sand und hessische Wälder. Ich war hundert Meter groß und konnte alles überblicken. Als ich gerade dabei war in Saarbrücken einige Kirchen dem Erdboden gleich zu machen, erschienen die ersten Anzeichen von Gegenwehr. Scheinbar hatte die Bundestrine es sich nicht nehmen lassen mir in meinem Traum ebenso auf den Sack zu gehen wie in der echten Welt. Weit unter meinem riesigen Körper konnte ich winzige, wie kleine giftgrüne Käfer aussehende, viereckige Dinger auf den halb zerstörten Straßen der Stadt erkennen. Wie in diesen Godzilla Filmen üblich, hatte Chacsi scheinbar die Armee geschickt um das Ungeheuer (Mich!) zu bekämpfen. Doch immerhin war dies mein Traum, also verpufften die Granaten der Panzer an den Beinen meiner riesigen Jeans. Als nächstes kamen Hubschrauber und Flugzeuge herbei, die um meinen Kopf schwirrten wie Mücken im Sommer. Es machte Spaß sie wie jene Insekten zu zerquetschen. Einen verschluckte ich sogar, und zog die hilflos in Rotze gefangene Maschine durch die

Nase wieder hoch und spuckte das glibberige Teil direkt auf den Rathausplatz. Es war genial! Das musste ich mir für meinen nächsten Wunsch aufheben, ganz sicher würde das Eindruck schinden. Gerade als ich mich mit ein paar Bissen aus dem Kirchturm spießte, überkam mich ein seltsam flaues Gefühl im Magen. Doch ich dachte mir nichts dabei und spachtelte weiter fröhlich Saarländer.

Der Traum ging weiter. Diesmal befand ich mich in mitten einer Weltraumschlacht, denen aus Star Wars gar nicht so unähnlich. Eigentlich mag ich die neuen Teile ja nicht (Es gibt nur eine, genau, DIE, Trilogie!) aber das Lichtgeballer um mich herum war beeindruckend. Als ich an mir heruntersah, erkannte ich das mein Körper aus nichts anderem als einem riesigen Schlachtschiff bestand. Seltsamerweise hatte es die Form eines guten alten DDR Doppelbrötchens. Aber das hinderte mich natürlich nicht daran mehr als hundert X-Wing und so manchen knuffigen R2-D2 Verschnitt zu grillen. Leider wurde ich irgendwann von diesem Traum abgezogen, scheinbar war es selbst meinem Unterbewusstsein zu doof.

Als nächstes stand ich vor einer altmodischen Schule. Kein so ein Nazi- oder Adenauer- oder Ulbricht- Konstrukt, eine richtig alte Gründerzeitschule. Auf dem Hof schien gerade die große Pause zu laufen, denn ich konnte viele Kinder und auch Jugendliche in etwa meinem Alter herumspringen sehen. Verwundert über die seltsam aktuellen Klamotten und die seltsam unmodernen Frisuren, beobachtete ich einen Typ der sich erst mal lässig eine Zigarette im Kreis der ihn umstehenden ansteckte. Mitten auf dem Schulhof! Irgendwoher kannte ich den Kerl, doch mir viel partout kein Name zu dem weichen Bubigesicht mit dem perfekten Seitenscheitel ein. Die Erleuchtung kam als ein Mädchen rief: „Nietnagel! Die wollen den Keller Fluten!" Mit lächelnder Verklärung dachte ich an meine Ur-Oma. Kurz nach der Wende hatte sie eine Sammlung VHS-Kasetten in die Hand bekommen. Meistens nur alter Schrott den im Westen keiner freiwillig im Regal stehen haben wollte. Doch ein Film hatte es mir bei unzähligen Nachmittagen vor dem RFT-Fernseher meiner Urgroßmutter angetan. Auf einem sündhaft teuren Videorecorder hatte ich ihn mir immer wieder angesehen. Und auch wenn ich nicht wusste wie er hieß, konnte ich mich an Nietnagel und seine Anarchokollegen sehr gut erinnern. Gerade waren sie dabei einen neuen Anschlag auf das gute Schulwesen der Sechziger der BRD zu starten, als ich auch schon im nächsten Traum landete.

Vor mir erhob sich eine saftige grüne, vollkommen ebene Graslandschaft. Ich wand den Kopf nach links und sah ebenfalls nur schnurgerade Wiesen. Direkt nachdem ich mich wundern wollte, warum mein Blickfeld so wackelte, sagte eine Stimme rechts von mir: „Da vorn, da muss die Grotte sein!"

Ich sah auf meine rechte Seite, und erblickte einen Jungen mit langen blonden Haaren in grünlicher Weste/Hose Kombination und Rüschenhemd. Zu allem Überfluss an Eindrücken saß er auf dem Rücken eines riesigen gelben Federviehs das schnell zu laufen schien. Ich blickte verwirrt unter mich und erkannten das ich ebenfalls auf einem solchen Tier ritt.

„Äh…Hallo?" Stammelte ich verlegen meinen Mitreisenden an.

„Hast du Geschlafen? Wir sind doch erst seit einer Stunde aus Lindblum raus!" meckerte der Junge.

Bei dem Wort *Lindblum* ging mir ein Licht auf. Kurz nach dem Ende der Neunziger Jahre, hatte ich das Glück mich in die Welt der Konsolenspiele einzulesen. Natürlich war es für meine damals schon sehr schwäbisch agierenden Eltern unmöglich mir eine Playstation zu gewähren, aber ich fand eine bessere Lösung. Satt wie der letzte Vollpfosten nicht über die neusten Spiele mitreden zu können, kannte ich zur Überraschung meiner Freunde (Damals hatt ich ja noch welche!) fast sämtlicher Vorgänge in den damals aktuellen Titeln. Wie ich das geschafft hatte blieb mein Geheimnis. Jeden Monat wenn die großen Magazine die neusten Spiele und Berichte aus der Branche präsentierten, sah ich mir die Titelstorys an, und suchte in einem Laden in Berlin bei diversen Familienausflügen nach den Komplettlösungen. Natürlich wäre es Wahnsinn gewesen alle die es gab zu kaufen. Daher ersann ich den vielleicht besten Plan dem Kapitalismus ans Bein zu pinkeln den ich je hatte: Ich las immer so weit bis die Verkäufer mich rausschmissen.

„Also? Was meinst du? Ist das die Grotte?", riss mein Mit-Reiter mich aus dem Gedankengang.

„Klaro", sagte ich lässig, „aber lass uns lieber noch ein bisschen rumlaufen damit wir ein höheres Level erreichen."

„In Ordnung", verkündete der Junge und sein Reittier, ebenso wie meins, blieben augenblicklich stehen.

Das war auch gut so, denn bei *Final Fantasy IX* war ich nie weiter in der Komplettlösung gekommen als bis an diese Stelle. Der Verkäufer hatte mich sehr unfreundlich aus dem Laden geschmissen und ich hatte nie erfahren was Zidane, der Held des Spiels, weiter tun musste um in dieser Grotte zu überleben. Alles was ich noch behalten hatte, war der Tipp eines kleinen Kästchens mit dem Hinweis: *Hier besser bis Level 15 trainieren!*

Vom ersten Zufallskampf überrascht, wechselte mein Traum wieder einmal.

Statt eines neuen Films oder Videospiels, erwartete mich nun Bob. Er stand da und trug einen langen schwarzen

Mantel und sah auch irgendwie anders aus als ich ihn in Erinnerung hatte.

„Tja Meister, das war schon ne tolle Zeit, aber ich will ehrlich sein, für einen richtigen Bösen fehlt dir eindeutig das Talent!", sagte er und verschwand so schnell wie er gekommen war. Ich stand allein in einem komplett weißen Raum und verlor sofort jeglicher Orientierung.

Verwirrt über die kryptische Aussage meines Avatars, und von dem Raum geschockt, wachte ich auf.

An diesem Morgen beginnt der Alptraum der mich dahin gebracht hat, wo ich gerade sitze und Rotz und Wasser heule.

24. HILFE!

Ich wache auf. Es ist kalt. Meine Augen sind offen aber ich sehe nichts. Bin ich Blind? Nein denn bunte Flecken tanzen vor mir in der Dunkelheit. Das Atmen fällt schwer. Mein Mund ist mit irgendwas nassem, kalten gefüllt. Verdammt, wo bin ich?! Meine Arme sind über meinem Kopf, ich kann sie spüren. Sie sind bleischwer. Auch meine Beine und der Rest fühlen sich an als ob ein Riese darauf sitzt. Was ist hier los!? Meine Finger! Scheiße warum tun sie so weh? Hab ich noch Finger? Ja sie bewegen sich, ein Glück. Liege ich hier irgendwo rum? Warum lieg ich auf dem Bauch? Warum ist mir so kalt? Warum, warum. Ach verdammt du Idiot! Du liegst mit dem Kopf nach unten! Deshalb kannst du nichts sehen! Will ich überhaupt aufstehen? Renate wartet mit dem Frühstück und dem nächsten Level, ich muss aufstehen! Aber wer hat die Heizung abgestellt? Warum ist es im Zimmer so kalt? Hab ich das Fenster aufgelassen? Nein bestimmt nicht, hier oben auf dem Schloss kann es schon ziemlich zugig werden. Also nein, ich hab das Fenster nicht aufgemacht. Soll ich einfach weiterschlafen? Mein Körper sagt Ja, aber das Zeug in meinem Mund ist so eklig! Spucken, ja spucken.

„Mhhhhhhmppppfff"

Was war das denn? Wieso... Ach so! Ich lieg ja auf dem Bauch. Warum ist das Kissen so nass? Ist das überhaupt mein Kissen? Auf der Oberseite meiner Hände fühle ich auch Nässe. Hat unsere Berlinerin mir einen Eimer Wasser über den Kopf gekippt? Egal, los steh auf sonst erfrierst du noch bei der Kälte! Es knirscht, ein: *schschschsch*, über mir. Leise, wie durch Watte. Gott ist meine Hand schwer!

„Alors! C`est un Kossak!"

Hä? Was für`n Ding? Was soll das für eine Sprache sein? Klingt Französisch, ist Französisch. Halten die mich für einen Sack? Na den werd ich was husten! Wartet nur ihr.

„Arretè!"

Was ist denn hier los? Ich sitze auf einmal im Schnee! Warum halten die zwei Typen mir Knarren an den Schädel? Was zum-

„Arretè!"

Ja ja, hab`s verstanden, arretieren, nicht bewegen. Was willst du von mir Froschfresser?

„Ich, ich versteh dich nicht Alter!"

„Qu-est ce que allmand?"

„Alle, was? Ob ich Deutscher bin oder wie?"

„Oui"

„Ich bin Brandenburger wenn's genehm ist!"

„Bra-ndo-nbour... Ah! Prussè!"

„Sag das noch mal und ich hack dir deine Feder vom Hut!"

Ein Schlitten kommt heran, ein kleiner Mann steigt aus und fragt einen der beiden Franzosen was auf Französisch. Keine Ahnung was die labern.

„Lieutenant!"

Wo kommt den der Typ jetzt her?

„Oui majestè?"

„Est-ce-que vous parlè?"

Den Rest verstehe ich nicht, dafür geht es zu schnell, aber der kleine Kerl plappert reichlich mit dem neu dazugekommenen. Mann ist mir kalt!

„Der Kaiser möchte wissen wie Sie hier her gekommen sind", fragt der Leutnant.

„Wo bin ich denn?"

Er zieht die Augenbrauen hoch: „Nun, dass sollten Sie eigentlich wissen."

„Weiß ich aber nicht."

„In Russland." Klärt mich der Kerl auf.

Mir schwirrt der Kopf: „Welches Jahr?"

„Achtzehnhundertzwölf"

Vor meinen Augen wird alles Schwarz. Ich versinke, nein! Ich darf nicht träumen, die Kälte, Schnee, Franzosen, ich …

25. - I UNGELESENE NACH-RICHT-

Marie Le Pen war eine stattliche Frau. Sie hatte eine Partei von ihrem Vater bekommen, aber nicht dessen Affinität zum Hass auf so ziemlich alles was auf zwei Beinen lief und nicht Weiß und Französisch war. Na gut, ein bisschen davon konnte ihr nicht schaden, aber sie hatte immerhin genug Grips in der Birne, um das nicht so raushängen zu lassen. Ihre Gestalt verlangte Ehrfurcht, war sie doch die erste Frau seit Maria de Medici die in diesem größten aller Länder schalten und walten konnte wie sie lustig war.

Vor nicht allzu langer Zeit hatte sie es geschafft den Sozialisten eine ordentliche Abreibung zu verpassen und den Konservativen ins rechte Auge zu piksen. Damit hatte sie die Grandè Nation nun endlich im Sack. Was im Osten vorging, beunruhigte Marie allerdings über die Maße. Das die Führerin der Deutschen, wie sie die alte Kanzlerin im Scherz und dem ein oder anderen vertrauten Kreis genannt hatte, abgetreten war gefiel ihr. Das man aber einen jungen Hüpfer aus Bayern an ihrer statt installiert hatte, verwirrte

Marie und ihre Volksgenossen aber dann doch über die Maßen.

Ihr Außenminister hatte bereits einen Tag nach der staatstreichartigen Übergabe der Macht im Land des Erbfeindes an Frau Segermann um einem Termin für den traditionellen Antrittsbesuch fragen lassen. Eine Antwort aus Berlin war aber immer noch nicht eingetroffen. Die französische Staatspräsidentin war sauer. Nicht nur hatten die Deutschen es für nicht nötig befunden ihr, der mächtigsten Frau Frankreichs, Bescheid zu geben, nein die Teutonen fanden es auch witzig ihre Regierung als Anhängsel einer Wirtschaftslobby darzustellen. Ok, im Grunde war das nicht unbedingt falsch, aber Marie fand das es im Vergleich zu so mancher Machtübergabe im östlichen Nachbarland, in Frankreich doch Tradition hatte gegen jeden Sinn zu wählen.

Aber alles Grübeln nützte nichts. Wenn die neue Kanzlerin nicht kommen wollte, sollte sie doch bleiben wo der Pfeffer wächst!

Madame Le Pen saß im Imperialen Amtszimmer im Eliseè Palast zu Paris, und las gerade eine Abhandlung der Admiralität in der es darum ging wie man die Schiffe der Marine in Toulon für das Rettungsprogramm der EU Grenzorganisation FRONTEX verwenden könnte. *Wenn die Neger nicht schwimmen können sollen sie zu Hause bleiben!* dachte die Französische Präsidentin an diesem Morgen verdrießlich.

Gegen Mittag war sie fertig, eine Order an die Flotte die Italiener bei ihrer, weit aus effektiveren, Operation zu unterstützen war ausgefüllt. Sollten diese Grenzdeppen die doch nur diesem Haufen in Brüssel unangenehme Fragen ersparen sollten daran ersticken.

Marie gedachte zum Mittag ein wenig Four Gruoir zu sich zu nehmen. Der salzige Geschmack der Delikatesse aus der alten französischen Kolonie in Südostasien, die sich heute Vietnam schimpfte, war für sie ein Hochgenuss. *Vielleicht sollte ich da unten mal wieder ein wenig französisches Esprit verströmen*, dachte die Präsidentin als es an der Tür klopfte.

„Herein!", blaffte Marie zum anderen Ende des Zimmers.

Die Tür schwang leicht auf, und der Verteidigungsminister trat schlotternd herein. Er hatte schreckliche Angst vor der Präsidentin, da er wusste das sie ihm seinen Anbaggerspruch von vor über fünfundzwanzig Jahren noch immer nicht verziehen hatte.

„Madame Präsident, es gäbe da eine Kleinigkeit die keinen Aufschub duldet", begann er mit brüchiger Stimme.

„Himmel Alan! Wie oft soll ich dir noch sagen das es unhöflich ist, wenn du um den heißen Brei herumredest!", stöhnte Marie ihren Außenminister genervt an. „Komm ein Mal zum Punkt!"

Alan wurde noch ein Stück kleiner als er es ohnehin schon war und begann zu erklären was er von seiner Chefin wollte: „Gestern hat mich einer der Geheimdienstleute aufgesucht und mir von einem seltsamen Schriftstück erzählt. Es ist über zweihundert Jahre alt."

„Und was um alles in der Welt geht mich das an?", fragte Marie aufgeregt und hungrig, sie wollte endlich zum Mittagessen.

„Das Schriftstück ist an sie adressiert", versuchte es Alan erneut.

„Und?", konterte die Präsidentin, „jeden Tag schreiben Millionen von Idioten und Verrückten an meine Adresse! Bis auf ihre Stimmen interessiert mich dieses Pack nicht!"

„Wie gesagt, über zweihundert Jahre" beschwichtigte der Außenminister.

„Moment! Wie soll das denn gehen?" Wunderte sich die Präsidentin.

„Genau das ist ja das unheimliche!", begann Alan energischer, „es ist ein dicker Brief der seit Jahrhunderten im Schatzamt aufbewahrt wurde. Zuerst von den kaiserlichen Behörden, später von den republikanischen Diensten. Charles de Gaule selbst hat verfügt, dass das Dokument erst nach Erfüllung der Bedingungen des Absenders ausgehändigt werden darf."

Marie überlegte ob sie diesen Penner von Außenminister durch die Pferde der Nationalgarde zertrampeln lassen sollte. „Was also steht in diesem Brief?"

Alan zögerte: „Das ist so nicht ganz klar zu beschreiben", meinte er vorsichtig.

„Wollen Sie damit sagen, sie haben ihn nicht geöffnet? Seit Zweihundert Jahren? Und wie komme ich da eigentlich auf die Empfängeradresse?", bombardierte Marie ihn mit scharfen Fragen.

„Scheinbar hat jeder Präsident seit fast zweihundert Jahren einen Brief bekommen, in dem Stand das er diesen hier", Alan hielt ein braun gelblich verfärbtes Päckchen hoch, „nur an die Präsidentin zum heutigen Datum überlassen soll."

Marie stutzte beim Anblick des ehrwürdig aussehenden Artefakts. „Und mit welcher Legitimation hat man da gearbeitet?"

„Mit der des Absenders", winselte der Außenminister fast.

„Und der wäre?", fragte die französische Präsidentin so ruhig das die Trikolore erbleichen würde.

„Napoleon Bonaparte, Kaiser der Franzosen."

26. VOELKERVERSTAENDIGUNG

...Du das hier liest, hab ich Glück gehabt und Napi hat

nicht gelogen. Er ist ein cooler Typ, hat mir in seinem Schlitten eine Mitfahrgelegenheit und in Dresden eine warme Unterkunft verschafft. Als ich ihn auf Elba besuchte war er von meinem Plan ganz hingerissen. Ich weiß das es nur ein Spiel ist, aber ich bin hier gestrandet und weiß keinen anderen an den ich mich wenden könnte. Ok, ich geb`s zu, Zurück in die Zukunft *hat mich auf die Idee gebracht. Aber ich brauche einen besseren Plan als irgendwelche Postboten. Napi meint, das es ihm nach meinem Tipp mit der Flucht ein leichtes sein dürfte den Brief sicher an seinen Bestimmungsort zu bringen. Wenn du diese Zeilen also liest, hat Frankreichs Staatsoberhaupt sich meinem Kumpel als würdig erwiesen. Sei so gut und gib ihr (Ich hab es glücklicherweise am Rande mitbekommen das die Nazitante gewählt worden ist) alles was sie will.*

Bundeskanzlerin Chantal Cristine Segermann sah verwundert auf und starrte ihre Gegenüber an. Marie Le Pen grinste ihr über den riesigen Schreibtisch im Kanzleramt zu.

„Nun?", erkundigte sich Frankreichs Staatsoberhaupt, „können Sie damit etwas anfangen?"

„Allerdings, die Frage ist nur, was kann ich Ihnen dafür anbieten?", fragte Chacsi höflich.

Le Pen lächelte noch breiter: „Wie wäre es mit einer neuen Montanunion? Oder einem gemeinsamen Ausstieg aus der EU?"

„Meinetwegen, aber ich schlage vor wir machen vorher noch einen kleinen Versuch die Union zu retten, was halten sie davon?", erkundigte sich die Bundeskanzlerin.

„Was schwebt ihnen vor?", fragte Marie auf Englisch, beide mussten auf die Sprache der ausgestiegenen Insel zurückgreifen, da sie ja sonst nicht miteinander hätten allein reden können.

„Abschaffung Kommission und direkte Gesetzesinitiative aus dem Parlament, Direktwahl des EU Vorsitzenden", sprudelte es aus Chacsis Mund.

Madame Le Pen war gelinde überrascht: „Also von Ihrer Vorgängerin hat man da immer andere Sachen gehört."

Die angesprochene schüttelte den Kopf: „Lassen wir die alte Fettel außen vor, ja oder nein?"

„Ja!", beeilte sich Marie zu sagen.

„Dann freue ich mich auf unsere neue Zusammenarbeit. Und nun entschuldigen Sie mich, ich muss das hier", Chacsi deutete auf den halb geöffneten Brief vor sich, „in Angriff nehmen."

Nachdem die französische Präsidentin sich mit dem Kanzleramtsminister aufgemacht hatte um in der Stadt zu Mittag zu essen, war Chacsi endlich allein und konnte den Brief aus der Vergangenheit ungläubig weiterlesen:

Zunächst muss ich dich warnen. Scheinbar haben Renate und Bob auf eigene Faust das nächste Level angefangen. Irgendwie muss ich da aber mit reingezogen worden sein, denn nun steck ich hier fest. Napi ist zwar ein netter Kerl, aber ganz ehrlich ich will nicht noch mal auf eine Latrine gehen!

Chacsi zog eine Augenbraue hoch. *Was treibt der Kerl da?* fragte sie sich.

... bitte frag Janne, ob ihr ein Weg einfällt mich aus dem Spiel herauszuholen. Wenn ich Renate auf diese Weise kontaktieren würde, glaube ich nicht das sie mir hilft. Vergewissere dich unbedingt, ob Sie den Highscore verändert hat während ich weg bin. Ich glaube es zwar nicht, aber sie und Bob könnten mit meinem Handy einige Dummheiten anstellen.

Die Bundeskanzlerin zog augenblicklich ihr Handy aus der Tasche des Kleides, das sie trug. Der gerüstete Avatar sah ängstlich zu seiner Herrin hinauf und über ihrem Kopf erschien eine Sprechblase:

Bob ist um drei Plätze aufgerückt!

Sofort tippte Chacsi auf den Link zum Highscore:

1-Zeus

2-Amaterasu

3-Bob

4-Ra

5-Alla

6-Gott

7-Chacsi

8-Jave

9-Budda

10-Odin

Wieder im vorherigen Menü tippte sie eine Frage an Janne in das dafür vorgesehene Feld:

Wir haben das Gott *Level doch so verändert, dass Napoleon in Russland gewinnt und die Aufklärung den Sieg davon trägt oder?*

Die gepanzerte Gestalt überlegte kurz:

Eigentlich ja, aber das kann nur bedeuten das dieser Winzling und die Alte uns schon wieder geschlagen haben!

Chacsi seufzte, und las zunächst den Brief den Le Pen ihr gebracht hatte zu Ende:

Ich weiß, dass du mich nicht leiden kannst, aber du bist meine letzte Chance hier weg zu kommen. Seit sieben Jahren häng ich nun schon hier fest! Das wirklich dumme ist, dass ich um keinen Tag altere! Napi meint, dass es ein Segen sein muss, wenn man alle Zeit der Welt hat. Ich glaube er ist einfach nur neidisch, dass er keinen dritten Versuch bekommt Europa zu erobern!

Wenn ich mich nicht irre, haben Janne und du hier aufgeräumt bevor meine abtrünnige Freundin und mein ehrloser Avatar mich in diese Misere hineingeworfen haben. Was hat euch dazu animiert Napi zu empfehlen Winterklamotten mitzunehmen? Oder bei Borodino eine Suchmannschaft nach dem Zaren auszuschi-

*cken!? Kutusow ist doch kein Idiot! Er hat eure Show mit ein we-
nig Hilfe meiner (EX!) Freunde gewonnen. Ehrlich Chacsi, du
musst dir mal was besseres einfallen lassen.*

*Aber genug vom Katzenjammer, ich bin auf St.Helena zu-
sammen mit Napi und wir spielen jeden Tag Boule. Es kotzt mich
an! Scheiß Briten! Nicht mal vernünftiges Bier gibt's hier!*

BITTE HOL MICH ENDLICH HIER RAUS!!!

27. GAME OVER

ber sonst geht`s dir noch gut, oder?" frage ich die gepanzerte Gestalt vor mir.

Sie klappert mit den Schultern und sieht mich hochnäsig an. „Nimm an oder bleib für immer hier!"

Ich überlege. Vor einer Stunde ist Janne aufgetaucht, hat drei britische Soldaten mit Kopfnüssen wissen lassen, wer der Boss ist, und war in Napi und mein Haus auf St.Helena gestürmt. Sie ist ohne umschweife zur Sache gekommen; entweder ich half Chacsi und ihr das Spiel zu gewinnen und Renate mit ihrem Gehilfen aufzuhalten, oder ich konnte hier versauern.

„Wie soll das gehen? Ich bin der Böse, wie du dich vielleicht erinnerst!", sage ich um Janne die Lage ins Gedächtnis zu rufen.

„Keine Sorge, meine Herrin und ich haben nichts vergessen! Aber sie ist besorgt über die Fortschritte die dein Avatar und dieses alte Weib machen. Daher stellt sie dir die

Bedingung. Ich glaube zwar das wir deine Hilfe nicht brauchen werden, aber Befehl ist Befehl." Man sieht ihr an wie sauer Chacsis Order sie macht. Es steht ihr gut.

„Ok, ich verabschiede mich nur noch schnell von Napi", beeile ich mich zu sagen und will ins Obergeschoss laufen. Mein Arm wird von Jannes Gepanzerter Pranke festgehalten und da ich immer noch eine Hänfling bin, stoppt der Rest meines Körpers gleich mit.

„Wir gehen sofort!" sagt Janne und ein gleißender Lichtstrahl nimmt mir jede Sicht.

Wieder dieses seltsame Gefühl, wieder der Schreck des Aufwachens. Ich liege auf einer Couch in einem sehr großen Büro. Riesige Fenster öffnen den Blick hinaus zu einem Fluss oder so was. Keine Ahnung, wo ich nun wieder gelandet bin.

„Endlich wach?", fragt eine wohlvertraut nervige Stimme.

„Leider ja, wo bin ich diesmal gelandet?" Meine Frage geht an die Bundeskanzlerin hinter ihrem riesigen Schreibtisch. Ich kenne die Antwort bevor sie: „Berlin" auch nur ausgesprochen hat. Klasse, ich bin also in der Höhle des

Löwen. Der Löwinnen eigentlich oder? Egal! Hauptsache Janne und Chacsi haben mich gerettet.

„Ist dir klar was für einen riesen Haufen Scheiße du verzapft hast?" Werde ich im Aufstehen getadelt.

„Du bist doch nur sauer", sag ich, „weil Bob und Renate dich überholen und das es sogar noch schneller geht als vorher."

Sie schüttelt mit ernster Miene den Kopf: „Das ist es nicht du Depp! Wir haben hier eine echte Katastrophe angerichtet!"

Verwirrt starre ich sie an: „Wie, äh, was meinst du eigentlich?"

Chacsi seufzt und beginnt zu erklären: „Das du im Spiel gestrandet warst das kann ich noch nachvollziehen. Das du aber im Spiel eine Nachricht schicken konntest die die reale Welt erreicht, ist ein ernstes Problem! Es bedeutet, das alles was seit dem du das Spiel gestartet hast und ich natürlich auch, echt war!"

Ich lache dümmlich auf: „Hat dir Berlin das Hirn vernebelt? Wie soll das gehen?"

„Ganz einfach", zischt Chacsi böse, „es war nie ein Spiel! Alle Veränderungen, alle Dinge die wir in den Spielrunden getan haben, beeinflussten den Lauf der Geschichte. Das du über Napoleon eine Nachricht schicken konntest die die französische Präsidentin mir vor zwei Stunden gebracht hat, dass beweist es!"

Ich beginne zu begreifen. Bilder kommen in meinen Kopf. Die Pyramiden, die Aborigines, Stalin, oh Gott! Die Mädchen in China! Die Mädchen in China! Ich muss, ich sollte, ich kann. Ich übergebe mich geräuschvoll auf den Teppichboden der Kanzlerin.

„Es hat also klick gemacht? Schön, dann hör auf das Bundeskanzlerbüro in eine Toilette zu verwandeln und lass uns darüber nachdenken, wie wir die Sache wieder geradebiegen können", sagt Chacsi. Sie klopft mir während ich kotze auf den Rücken.

„Wir", keuche ich zwischen zwei neuerlichen Schüben Übelkeit hervor, „müssen Renate warnen, das sie nichts verändern darf!"

„Hab ich schon gemacht Bob hat, in deinem Level übrigens, Janne erklärt, das seine neue Herrin darüber nicht wirklich unglücklich ist." Sanft drückt Chacsi mich zurück gegen die Lehne der Couch und blickt mir besorgt in die Augen, „und es wird noch schlimmer, vor einer halben Stunde haben sie Amaterasu geschlagen, ich habe Angst vor ihrem Wunsch!"

Das ist nicht das, was ich hören wollte. Aber im Grunde war es klar. Renate wollte schon immer mit allem und jedem abrechnen. Und Sie wird es auch durchziehen, ich weiß es. Sie ist sogar so weit gegangen mich in dem Spiel, ähää, der Zeit zurückzulassen um ihre Pläne durch zu ziehen. Ich denke, es wird übel für uns alle ausgehen. Doch was soll ich Chacsi sagen die völlig aufgelöst vor mir hockt? Liegt es an Napi und seiner Zeit oder den sieben Jahren extra die ich in der Vergangenheit verbracht hab! Oder warum sieht Chacsi auf einmal so, naja, heiß aus?

„Wir müssen sie aufhalten!", sagt sie jetzt in flehendem Tonfall, Ihre Hände auf meinen, Scheiße, was ist denn auf einmal mit mir los? Hat einer die Heizung hochgedreht oder warum herrscht hier so eine Hitze?

„Ok", krächze ich mit trockenem Mund hervor, „aber wie?"

„Wie schon? Wir müssen Sie besiegen. Auch deswegen brauche ich deine Hilfe. Dieses Level in der Normandie, es ist unschaffbar!", beschwert sie sich.

Keine Ahnung wie ich mein eigenes Level schlagen soll. Erstmal müssen wir dafür Sorgen das Renate uns nicht abhängt.

„Zeig mir noch mal den Highscore", bitte ich Chacsi.

Sie holt das Handy aus ihrem Kleid. Sie sieht aus wie eine Goth-Lolli (geil) und hält es mir hin:

1-Zeus

2-Bob

3-Amaterasu

4-Ra

5-Alla

6-Gott

7-Chacsi

8-Jave

9-Budda

10-Odin

„Also steht nur noch Zeus zwischen Renate und, ja was eigentlich?" Frage ich die Bundeskanzlerin.

Sie lässt die Schultern baumeln, und macht einen Schmollmund. Konzentration! Haltet die Klappe ihr Hormone!

„Dann hat sie gewonnen und kann so ziemlich alles machen was ihr in den Kram passt", erklärt Cahcsi geknickt.

Na gute Nacht an die Weltpolizisten aus Übersee! Nicht das ich viele Ansichten Renates nicht teile, aber wenn ich raten müsste, geht die Welt einem unfreundlichen Ende zu, wenn Sie gewinnt.

„Also los, lass uns spielen", sage ich und nehme Chacsis Hand, nur nicht nervös werden!

„Ist für dich alles nur ein Spiel? Hast du es immer noch nicht begriffen? Alles was in diesem Ding", Sie wedelt mit dem Handy in der Hand, „passiert, ist real!"

Ein Lied aus der Volksmusikecke meines Schädels bricht sich unvermittelt Bahn: „Das Leben ist ein Spiel und wir sind nur die Musikanten"

28. MMMMH, SCHWEINEFLEISCH!

Die gute Nachricht ist, das wir nicht noch mal zu Napoleon müssen. Die schlechte, Gott hat scheinbar einen Bonuslevel für den Fall das zwei Spieler über einen Account spielen, eingerichtet", Erklärt Chacsi nachdem sie ihr Handy konsolidiert hat.

„Und wie sieht dieser Bonuslevel aus?", frage ich mit hochgezogener Augenbraue.

„Janne sagt, das wir das erst erfahren, wenn wir drin sind", antwortet meine Gegenüber im Kanzleramt.

„Dann lass uns loslegen, ehe Renate und Bob wirklich etwas Schlimmes anstellen", beeile ich mich ihr zuzustimmen.

Das vertraute zwicken auf den Armen, und schon sind wir im Spiel. Vor uns erhebt sich eine riesige Mauer. Janne steht in voller Pracht neben uns und mustert kritisch die Umgebung.

„Ganz schön heiß hier", meint Chacsi.

„Kein Wunder Herrin, wir sind im Nahen Osten", sagt die Ritterin.

„In Sachsen?", versuche ich die Stimmung aufzulockern.

„Der bekommt schon Rente!", blaffen Chacsi und ihr Avatar mich an.

„Also gut", beginnt Janne von vorne, „wir sind in Jerusalem gelandet, wann kann ich allerdings nicht sagen."

Ich sehe mir die Mauer vor uns an, kleine Büschelchen Gras ragen aus den Ritzen, vor der Mauer ist ein gepflasterter Platz. Ich erkenne winzige Papierfetzen in den breiteren Fugen. „Au weia! Das ist die Klagemauer!"

Da! Da knallt etwas in der Ferne! Sind das Schüsse? In diesem religiösen Irrenhaus ist das ja nichts ungewöhnliches, aber ich wüsste schon gerne, was wir machen müssen um-

„Da!", quiekt Janne und deutet mit ihrer gepanzerten rechten auf den Durchgang unter einem Bogen.

Ich sehe ein paar Männer, die etwas vor sich befummeln. Es ist länglich und-

„Das ist ein Maschinengewehr!", platzt es aus mir hervor.

„Und was sollen wir damit anfangen?", fragt Chacsi.

Ich denke nach. Das ursprüngliche Level war ein Naughty Modus in dem es darum ging entweder Napoleon oder Kutusow und dem Zaren zu helfen. Hier war eindeutig mehr Einsatz gefragt. Ich denke weiter. Jerusalem. Maschinengewehr. Juden. Moslems. Palästina. Klagemauer. Klage. Das ist es!

„Chacsi! Wir müssen die Typen am MG ablenken! Hier stürmen gleich massenhaft israelische Fallschirmjäger um die Ecke! Der Modus hat sich geändert! Das Level ist Live Action!" schreie ich meine beiden Begleiterinnen an.

„Und wie sollen wir das machen?", fragt Sie nervös während Janne nach etwas vor sich in der Luft greift, und zwei Pistolen in der Faust hält.

„Nein! Wir haben schon genug Unschuldige auf dem Gewissen!", wehrt die Bundeskanzlerin ab.

Ich nehme mir eine der Pistolen, ist echt schwer so ein Ding. Nein, Pistolen sind zu ungenau. Auf Entfernung treffen nur Profis oder Filmstars. Nicht wir. Nach dem Lärm zu urteilen kommen die Soldaten der Israelis schnell näher.

„Janne? Kannst du mir irgendwas außer einer Knarre verschaffen?" Forsche ich hektisch beim Avatar nach.

Sie hebt beide Arme über den Kopf: „Hier sind dutzende Auswahlmöglichkeiten im Menü! Woher soll ich wissen was uns helfen kann!?"

„Lies vor!", dränge ich Sie.

„Kühlschrank, Bleikugeln, Hühnerfeder, Halbkettenfahrzeug, Aschenbecher, Ferkel, Mörser, Winterhandschuhe, Hawaipuppe, Hexenhammer, Pink Floyd CD, Doppel-T-Träger, Apple Ipone", Janne wurde unterbrochen.

„Welches?", fragt Chacsi in einem wie mir scheint zwanghaften Reflex.

„Ist doch egal! Diese Dinger helfen uns jetzt auch nicht weiter", weise ich sie zurecht, „gib mir den Aschenbecher, dass Ferkel, die Bleikugeln und den Hexenhammer!", befehle ich Janne.

Der Aschenbecher ist einer von diesen Titanic Monster Teilen, die Bleikugeln stellen sich als gute alte runde Bällchen heraus, das Ferkel grunzt fröhlich vor sich hin und der Hexenhammer ist wie erhofft ein Buch das sehr massig hergestellt wurde.

„Darf ich mal?", ich fasse Chacsi an den Hintern, ok nicht direkt an den Hintern, sondern an den Gürtel mit den Granaten der um ihre Hüften liegt, Mann was ist das sexy!

„He!", beschwert sie sich.

Ich nehme die Kugeln und streue sie großflächig vor uns aus. Danach reiche ich Janne den Hexenhammer, was ich übelst lustig finde und Chacsi den Aschenbecher. Das Ferkel hebe ich auf, nachdem ich den Stift aus dem dicken kleinen Zylinder gezogen habe und diesen in Richtung der Männer am MG werfe.

Natürlich bemerken die Typen den Rauch. Ich werfe das Ferkel in die sich ausbreitende Wolke und wie erhofft rennt es direkt in den Nebel und damit auch auf die Männer zu.

Ich höre Schreie und Flüche auf Arabisch, klingt wie ein kaputter Trabbi Keilriemen.

„Und jetzt?", fragt Chacsi.

Doch die Antwort kommt auch so. Rollende Geräusche und schmerzhaftes Aufschlagen auf dem gepflasterten Platz.

„Jetzt haut ihnen auf den Kopf damit sie ohnmächtig sind, wenn die Israelis kommen!", beeile ich mich meinen Plan zu erläutern.

Gesagt getan, während sich die drei Typen versuchen aufzurappeln, hämmern Chacsi und Janne ihnen die schweren Gegenstände auf die Rüben. Als Janne den letzten der Männer ins Land der Träume schickt, erscheint vor mir eine Nachricht:

Glückwunsch, Bonuslevel geschafft!

Heilfroh werden Chacsi und ich vom Spiel wieder zurück in das weitaus sicherere Kanzlerbüro in Berlin gebeamt.

29. USB ANSCHLUSS

Woher wusstest du das?", keucht Chacsi als sie sich neben mir auf die Couch fallen lässt.

„Hat Janne dir also nichts gesagt?", frage ich.

„Was gesagt?", kommt es zurück.

„Gib mir mal dein Handy", sagend, strecke ich die Hand danach aus. Worauf Chacsi erwartungsgemäß zurückzuckt. „Keine Sorge, ich will nur kurz mit deiner Avatarin klären, warum sie ein Volldepp zu sein scheint."

„Janne is` ka`Deppn`!", bayert sie mich zum Anbeißen süß an.

„Darum will ich ja herausfinden, warum sie dir bis jetzt noch nicht gesagt hat, wie du Backroundwissen für das Spiel aufbauen kannst", gebe ich zu bedenken. Sie reicht mir zögernd ihr Handy, und kurze Zeit später tippe ich wie wild auf Ihren Avatar ein:

Ich: *Warum hast du ihr nichts gesagt?*

Janne: *Ihr was gesagt?*

Ich: *Na wie sie ne ganze Bibliothek in ihren Schädel bekommt!!!*

Janne: *Wie soll das denn gehen?*

Ich: *Bob hat mir mit dem Handy einen Stromschlag für jedes Buch versetzt das ich kennen wollte. Danach kannte ich sie auswendig. Kannst du das etwa nicht?*

Janne: *So was würde ich nie tun! Ich bin doch keine Wilde!*

Ich: *Aber sonderlich interessiert daran meinen Avatar aufzuhalten scheinst du ja auch nicht zu sein, sonst hättest du Chacsi gesagt wie sie an die Infos kommt!*

Janne: *Ich kann nicht.*

Ich: *Was? Nachdenken? Logische Zusammenhänge begreifen, das Informationen der Schlüssel zum Sieg in diesem Spiel sind?*

Janne: *So meine ich das doch nicht!*

Ich: *WIE MEINST DU`S DANN!!!?*

Janne: *Schrei mich nicht an!*

Ich: *Ich schreibe, ich kann also nicht schreien!*

Janne: *Ich weiß was Großbuchstaben bedeuten!*

Ich: *Jetzt musst du nur noch lernen, was die kleinen Dinger zusammen machen. Du weißt schon die Sache mit Wörtern und Sätzen. Vertrau mir, ist eine ganz neue Welt!*

Janne: *Machst du dich über mich lustig?*

Ich: *JA!*

Janne: *Du bist gemein!!*

Ich: *Also, warum hast du Chacsi keinen Zugang gegeben?*

Janne: *Weil es zu gefährlich ist!*

Ich: *Hä? Wie meinst du das?*

Janne: *Pass auf, nur die Bösen können in den Büchern ihren Wissenstand aufbessern. Die Guten können das eben nicht so einfach.*

Ich: *Versteh kein Wort und das will was heißen! Dieser Talleyrand ist ein gewiefter Diplomat!*

Janne: *Es gibt eine Möglichkeit, aber nicht über Bücher.*

Ich: *Sondern?*

Janne: *Daten.*

Ich: *Meinst du Dateien und Programme oder wie?*

Janne: *Ja und nein, es ist kompliziert. In der Anleitung steht das jeder der es bis jetzt versucht hat, gestorben ist!*

Ich: *Könntest du eventuell auf den Punkt kommen? Ich habe schon eine Bibliothek im Kopf, und trotzdem versteh ich nicht, was du mir sagen willst!*

Janne: *Die Guten können das Internet runterladen.*

Ich: *Toll, sinnloses Wissen auf sinnlosen Servern über sinnlose Dinge. Ein Wunder das ihr Guten je einen Level geschafft habt!*

Janne: *So mein ich das doch nicht! Auch im Internet steht viel Nützliches, Sachen die nie in einem Buch stehen würden.*

Ich: *Weil sie eben aus der virtuellen Kloake kommen in die sich die Menschheit mit Freude tunkt!*

Janne: *So mein ich das aber nicht. Und selbst wenn es so ist, ein Gehirn reicht einfach nicht aus um alle Dateien aufzunehmen, geschweige denn verarbeiten zu können.*

Ich: *Noch mal: WOZU SOLL DAS AUCH GUT SEIN??*

Janne: *Das Internet ist weitaus komplexer als es den Anschein hat.*

Ich: *Ja, komplexer zugemüllt.*

Janne: *Hast du schon mal dran gedacht, das auch die Geheimdienste und fast jedes Buch das je erschienen ist im Internet verfügbar ist?*

Ich: *Punkt für dich.*

Janne: *Danke, aber das ändert nichts an der Tatsache das ich die Meisterin nicht dem sicheren Tod aussetze!*

Ich: *Noch mal zum Verständnis, du sagst ein Gehirn reicht nicht aus, aber was wäre dann mit zweien?*

Janne: *?*

Ich: *Na zwei Gehirne! Die eine Hälfte nimmt Chacsi die andere ich und schon ist das Problem gelöst!*

Janne: *Wie soll das gehen?*

Ich: *Das ist dein Job, ich denke nur nach wie wir Bob und Renate aufhalten können.*

Janne: *Ich hab eine Anleitung gefunden!*

Ich: *Na dann lass hören!*

Janne: *Nein! Das ist zu peinlich!*

Ich: *Hä?*

Janne: *Dazu müsst ihr beide, ..., äää...*

Ich: *Raus mit der Sprache!*

Janne: *Ist ein wenig unkonventionell.*

Ich: *Bitte! Drück dich genauer aus! Ich habe keine Lust auf Rätselraten!*

Janne: *Ist ein Internetanschluss in der Nähe?*

Ich: *Ja.*

Janne: *Stimmt ihr seid ja im Bundeskanzleramt!*

Ich: *Richtig! Also? Wie machen wir das nun? Was steht in der Anleitung?*

Janne: *Warte kurz, ich muss noch die Verbindung prüfen.*

Ich: *Was bist du? Ein 56k Modem?*

Janne: *Sehr witzig.*

Ich: *Im Ernst, wie soll uns das alles nutzen, wenn du Chacsi und mir nicht sagst, wie die Daten in unsere Gehirne kommen?*

Janne: *Weißt du was ein USB Anschluss ist?*

Ich: *WILLST DU MICH VERARSCHEN???*

Janne: *Nein, aber hier steht eindeutig was von USB Übertragung.*

Ich: *Ich habe jedenfalls keine Buchse am Hinterkopf und Chacsi meines Wissens auch nicht. Also entweder wir sind in der Matrix und du weckst uns gleich auf oder deine Anleitung ist keinen Byte wert!*

Janne: *Es ist eine Abkürzung.*

Ich: *Für was?*

Janne: *Uebertragender Sicherheits Bussi.*

Ich: *...*

Janne: *Was denn?*

Ich: *Aber sonst geht's dir noch gut oder wie!?!*

Janne: *So steht es in der Anleitung! Ihr müsst euch küssen und dabei lade ich das Internet herunter, die Daten werden auf* euch beide aufgeteilt und schon habt ihr Zugriff auf sämtliche Informationen.

Ich: *Ich soll die Bohnenstange küssen?*

Janne: *He! Meine Meisterin hat dich immerhin gerettet, deshalb könntest du auch etwas freundlicher sein.*

Ich: *Ist das dein Ernst?*

Janne: *Liest es sich wie ein Scherz?*

Ich: *Leider nein, dafür hab ich auch schon zu viel erlebt dank diesem verrückten Spiel.*

Janne: *Da gibt`s noch ein kleines Problem.*

Ich: *Ich höre?*

Janne: *Um das Wissen abzurufen, müsst ihr die Verbindung jedes Mal eingehen, sonst habt ihr von jeder Information nur die Hälfte in euren Köpfen.*

Ich: *Na schön, ich werde Chacsi fragen, was sie davon hält und du siehst in der Zwischenzeit zu, das wir Infos über diesen Alla und Ra Level bekommen.*

Janne: *Geht klar!*

30. PRAECHTIG, PRAECHTIG!

Der nächste Level steht also auf dem Programm. Alla.

Mmmmh, na ja mal sehen was das wird. Chacsi und Janne sind zuversichtlich das wir es gewinnen und Renate und Bob einholen werden. Ich habe Ihr noch nichts gesagt wegen der Internetkussgeschichte. Kann auch warten schätz ich mal.

„Also dann, bereit?", fragt mich die Bundeskanzlerin über den riesigen Schreibtisch hinweg.

„Muss wohl", erwidere ich.

Janne startet das Level und keinen Augenblick später befinden wir uns in einem matschigen Graben auf einem lauten Schlachtfeld.

„Wo sind wir diesmal?", schreit Chacsi ängstlich über den Kanonendonner.

Janne sieht aus als ob sie überlegen müsste. „Wien, Österreich, im Jahre des Herren 1529, Oh oh, es ist ein *Naughty* Level!"

Ich sehe an mir herab. Völlig irre was man in dieser Zeit so bunt durch die Gegend läuft.

Eine laute Stimme reißt unsere Aufmerksamkeit an sich: „Beim Propheten! Was macht ihr da? Süleiman, gepriesen sei sein Licht, lässt bereits nach euch suchen Wesir! Der Rückzug steht an und er sucht seine Lieblingsfrauen!" Der Mann, der vor uns steht, scheint außer Atem zu sein und in heller Verzweiflung noch dazu.

„Äh", beginne ich wenig souverän mir eine Antwort auszudenken als Chacsi bereits auf den Boten dieses Süleiman eindringt.

„Was geht hier eigentlich vor?", fragt sie den ängstlichen Kerl.

Erst jetzt sehe ich was Janne und ihre Herrin eigentlich tragen. Wow! Dafür musste ich internetlos Aufgewachsener sonst bis nach Mitternacht aufbleiben und mich dann am elterlichen Schlafzimmer vorbeischleichen! Und nun das, die Bundeskanzlerin und ihr Avatar erstrahlen in einem Hauch von Nichts!

„Was glotzt du so blöde?!", fährt Chacsi mich an.

Ich deute auf ihren gut sichtbaren Busen.

„Waaah!" schreien die Damen gleichzeitig und bedecken ihre Blöße.

„Könntet ihr aufhören an den Dirnen des Sultans eure Gier zu stillen und mir zum Kommandozelt folgen?" stöhnt der Bote genervt.

Zehn Minuten voller Kicher- und Tobsuchtsanfällen, erreichen wir das prächtigste Campingareal, das ich je gesehen habe. Früher hab ich oft mit meinen Freunden in Brandenburg gezeltet, in muffig riechenden Iglus aus Chemiefasern. Doch der Kerl, dem das alles hier zu gehören schien, war eindeutig auf mehr aus als nur eine Nachtwanderung und verfrorenes Lagerfeuer machen.

„Eure Herrlichkeit! Ich habe die drei gefunden!", ruft unser Begleiter in den offenen Eingang des mit Gold verzierten Riesenzeltes.

„Wurde ja auch Zeit!", donnert es drohend zurück, „nun schick sie schon rein!"

Wir gehen durch den hallenartigen Vorbau und lassen unseren Führer draußen stehen. Er scheint irgendwie erleichtert zu sein und sucht schleunigst das Weite. Komisch.

„Ah!" Ertönt ein tiefer Bariton als ich mich im Innern des Zeltes umblicke, „Fatima, Aische und der gute Memmet! Also seid ihr nicht wie die anderen Feiglinge geflohen und habt euren Sultan in seiner schwersten Stunde verraten? Gut von euch!"

Der Kerl muss mindestens zwanzig Kilo Übergewicht über dem Übergewicht haben, Mann ist der Fett! Und die bunten Wimpel die er so trägt machen die Sache auch nicht wirklich besser. Ich bin gespannt was er will.

„Äh", beginnt Chacsi vorsichtig, „Hallo?"

Der Dicke lächelt sanft zwischen seinen Speckmassen: „Ach Fatima, mein Stern der Wüste! Es ist alles verloren und meine Späher berichten das die Ungläubigen sogar noch weitere Geschütze gegen uns in Stellung bringen. Ich verstehe immer noch nicht, wie sie auf einmal einen derartigen Trumpf aus dem Ärmel ziehen konnten", klagte er.

„Was genau meint ihr Sultan?", erkundige ich mich. Aber im Grunde ist mir schon klar, was es mit dem Level auf sich haben muss. Ein Türke oder so vor Wien? Kann eigentlich nur eine dieser beiden Belagerungen sein, die es vor zig hundert Jahren mal gegeben hat. Ich erinnere mich daran das Polen und noch so einige andere Länder den Österreichern damals zu Hilfe gekommen sind, daran das die Stadt mit übermäßig viel Kanonen ausgestattet war, kann ich mich allerdings nicht entsinnen.

„Diese, Mohamed strafe sie alle bis in die Ewigkeit, Ungläubigen haben Mörser wie sie es nennen, selbst meine Janitscharen fürchten sich vor diesen Höllenmaschinen!", klagt der Sultan, was komisch wirkt da er sich gleichzeitig eine Weintraube in den Mund schiebt.

„Und deshalb gebt ihr auf?", fragt Chacsi.

Der Dicke schüttelt den Kopf: „Nicht deswegen, sondern wegen der Mutlosigkeit der Männer! Sie wollen nicht gegen die Mauern rennen solange die da drin mit ihren Mörsern den Himmel auf uns herabregnen lassen."

Ich werfe Janne und Chacsi einen vielsagenden Blick zu. Hoffentlich ziehen sie mit. „Eure Herrlichkeit", beginne ich vorsichtig dem Sultan zuzureden, „wenn die Geschütze so ein Problem sind, warum zerstört Ihr sie nicht einfach?"

Süleiman kichert freudlos: „Und wie Memmet? Hast du eine Idee oder willst du nur aufschneiden?"

Ich habe in der Tat eine Idee, allerdings wird sie Chacsi und ihrem Moralapostel nicht gefallen. „Ja Sultan, ich werde die Geschütze noch vor dem nächsten Morgen ausschalten und ihr könnt mit euren Minören den Stadtmauern zu Leibe rücken."

„Echt?", staunt Chacsi.

„Da bin ich aber mal gespannt", schnaubt Janne ver-
ächtlich.

„Was soll ich denn mit Minören?", wundert sich der
Sultan.

Da geht mir auf was in diesem Level nicht stimmt.
Die Osmanen haben keinen einzigen Tunnel unter die Stadtmauern Wiens gegraben, um sie danach mit Sprengstoff in
sich zusammenfallen zu lassen.

„Lasst mich kurz mit diesen beiden hier beraten", ich
deute auf die fast voll-nackten Mädels, „und die Mörser
schweigen vor dem Morgengrauen."

31. DER REGENTANZ

Ich kauere mich zusammen mit Chacsi und Janne hinter einer durchnässten Strohwand um meinen Plan zu erläutern: „Also folgendes, die Mörser sind eindeutig ein Überbleibsel von Renate und Bob, andernfalls stimmt hier mehr als nur ein wenig nicht."

Chacsi hebt die niedliche Stubsnase: „Woher willst du das wissen?"

„Ganz einfach, ich habe eine Bibliothek im Kopf", erkläre ich ihr.

„Wenn ich das nur auch mal könnte! Janne, warum kannst du so was nicht?", beschwert sich die Bundeskanzlerin bei ihrem Avatar.

Die immer noch ihre Blöße bedeckende Janne wirft mir einen warnenden Blick zu bevor sie antwortet: „Im Grunde könnt ihr sogar mehr Meisterin. Aber ich möchte euch ungern die Details in diesem heidnischen Schlammloch hier näherbringen."

„Also gut", seufzt Chacsi und sieht wieder mich an, „wie lautet dein Plan?"

Ich grinse und deute auf die beiden: „Zuerst solltet ihr eure Klamotten in Ordnung bringen. Danach schleichen wir uns vor eines der Tore und stellen uns hungrig und verdurstend. Wenn die Österreicher uns oder genauer gesagt euch, reinlassen, sucht ihr die Fässer mit dem Pulver für die Mörser." Ich ziehe aus dem Menü eine kleine Flasche und halte sie hoch damit die beiden sie sehen können. „Danach schüttet ihr das hier in das Pulver und dann war's das mit den Mörsern."

Janne springt wie ich es erwartet habe direkt darauf an: „Wir sollen uns gefangen nehmen lassen?"

„Nicht wirklich, ich hätte eigentlich gedacht das dir das gefallen würde nachdem wir hier im Muselmanenland angekommen sind", kichere ich ihr zu.

Chacsi ist pragmatischer: „Was ist in der Flasche?"

Ich zucke die Schultern: „Im Menü steht nur das man damit Schießpulver in harmlosen Sand verwandeln kann, ideal oder?"

Sie nickt und wir machen uns auf, um ein Tor zu finden, das geeignet ist für unsere Infiltration.

Ein Glück das im Menü auch dieser Zeit angemessene Klamotten zu finden sind und das man sie per Drop-Down Menü auch fix anlegen kann. Ein Glück für Chacsi und Janne. Ich stehe in einer knallunten Landsknecht Uniform mitten in der Pampa, Eierbecher inclusive. Meine zwei Begleiterinnen tragen wollene Kleider die zu meinem Bedauern mehr verdecken als ihr vorheriges Outfit. Janne und ihre Herrin scheinen sich köstlich über mich im Kanarienvogelkostüm zu amüsieren.

„Findet Ihr nicht das es ein wenig dick aufgetragen ist?", prustet die sonst so prüde Jungfrau und deutet auf meinen blau-gelb-rot gestreiften Eierbecher.

„Wenn ihr Ossis was könnt, scheint es aufschneiden zu sein, was?", stimmt ihre Meisterin mit ein.

Ich verdrehe genervt die Augen: „Ja, ja, ja, ist ja gut! Ich weiß, das ihr Mädels immer genau dahin gucken müsst wo`s wehtut! Aber könnten wir uns wieder auf das Wesentliche konzentrieren?"

Eine Stunde nach Sonnenuntergang werden wir von den Wachposten der Stadt gefunden und man lässt uns rein. Nicht ohne den ein oder anderen dummen Spruch zu lassen, scheiß Ösis!

„So sauber? Wohl noch nicht lange hier was? Oder habt ihr euch durch den Ring der Heiden gekämpft, mit zwei Weibsbildern obendrein!?", fragt uns ein dümmlich wirkender, verdreckter Landsknecht als wir Ihm in die Straßen Wiens folgen.

„Was könnte auf diese Eseltreiber besser wirken als zwei harmlose Frauen?", kontere ich sein Gelaber.

„Auch wahr", kichert der Typ zurück, „habt ihr eine Ausbildung? Irgendwas was uns helfen könnte diese Belagerung endlich zu einem Ende zu bringen?"

Ich überlege kurz: „Ich bin …äh… Kanonier!"

Der Wächter stutzt und lächelt dann freundlich: „Noch einer! Vor ein paar Tagen sind schon mal zwei hier durchgekommen, ihnen verdanken wir die Mörser. Ich hoffe doch, dass wir von euch etwas Ähnliches erwarten dürfen?"

Aha, also sind Bob und Renate auch schon auf den Trick mit dem Einlass gekommen. Jane und Chacsi sehen mich finster an. Scheinbar sind sie zu dem gleichen Schluss gekommen.

„So, da wären wir!", unser Führer deutet auf einen heruntergekommenen Holzverschlag, der zu drei Vierteln im Boden versunken ist und mit einer dicken Schicht Moos und anderem Grünzeug abgedeckt wurde.

„Aha, und das ist?", erkundige ich mich vorsichtig.

„Die Pulverkammer, eure Kollegen von neulich haben uns geraten die Vorräte sicher unter der Erde zu lagern, damit die Heiden sie mit ihren Kanonen nicht in die Luft jagen können", kommentiert der Wächter.

So ist das also! Bob und meine Ex-beste-Freundin haben nicht nur die Mörser mitgebracht, sie haben auch gleich noch einen Bunker gebaut. „Dann werd ich mal gehen und das Pulver inspizieren, wir wollen doch nicht das die Türken da draußen Morgenluft wittern oder?"

Auf dieses vorher abgesprochene Signal, nieten Chacsi und Janne den Wächter um.

In der Pulverkammer ist es trocken und staubig. Man merkt das hier gefährliches Zeug gelagert wird. Von Security scheinen die Wiener allerdings nicht sonderlich viel zu halten, denn wir sind ganz allein in dem Verschlag.

„Und jetzt?", fragt Chacsi gehetzt.

„Jetzt schütten wir das Zeug in die Fässer und machen das wir vor dem Morgengrauen wieder wegkommen, ehe die Trottel mitkriegen was hier los ist!", sage ich. Während meine Hände das erste der vielen kleinen Fässer öffnen und etwas aus der Flasche hineinträufeln, streng nach Anleitung im Menü. Meine beiden Begleiterinnen stehen draußen Schmiere und lassen mich meine Arbeit machen. Es dauert eine Weile, also hab ich Zeit ein wenig über die Ereignisse die mich bewegen nachzudenken:

Scheiße! Ich muss Chacsi küssen, um gegen Bob und Renate zu gewinnen!

Scheiße! Was mach ich nur?

Scheiße! Wie soll ich Ihr das nur verklickern? Könnte Janne mir dabei helfen?

Scheiße! Ich finde…

Scheiße! Ich denke…

Scheiße! Verdammte Scheiße!

Scheiße, ich bin verknallt in Chacsi!!!

„Hast du´s bald?", zischt Janne vom Eingang herein.

Während ich so über die weltpolitische Gesamtlage nachgedacht habe, scheine ich alle Fässer mit dem Zeug begossen zu haben. Komisch, hab gar nicht mitbekommen wie die Zeit vergeht.

„Ja, wir können!", flüstere ich im Vorbeigehen und wir machen uns zu dritt auf den Weg zurück zum Stadttor.

„Nun denn Memmet, wir sind gespannt was dein Versprechen in den Augen des Höchsten Wert sein wird", sagt Süleiman und beobachtet den klaren Morgen über der Stadt.

„Tja, abwarten und Tee trinken", erwidere ich.

„Wie meinst du?", fragt der Sultan.

Ich bin genervt: „Egal, lasst uns sehen wie die Ungläubigen heute Alla`s, er ist der Größte, Zorn zu spüren bekommen."

Eine Stunde nach Sonnenaufgang, hört man die ersten Schüsse aus den Kanonen der Stadt. Offenbar war das Pulver, das wir in der Nacht zuvor sabotiert haben, wirklich nur für die Mörser gedacht.

„Sie schießen immer noch", grollt der Sultan als die ersten Salven der Mörser an diesem Tag über die Mauern fliegen.

Doch wieder erwarten schlagen die Geschosse nicht im Vorfeld der Verteidigungsanlagen ein, stattdessen füllt sich die Luft mit bedrohlichen dunkelgrauen Wolken.

„Seht Ihr das, Oh Prächtiger?", ruft Chacsi und deutet auf das immer größer werdende Gebilde über der Stadt.

Während der letzten vier Minuten ist das Wolken-spektakel zu einem halben Hurrikan angewachsen. Es schüttet wie unter einer Dusche und die Kanonen verstummen kaum, dass sie begonnen haben zu feuern.

„Memmet, du bist ein Genie!", lobt Süleiman mich.

Als Wien in den tropischen Fluten eines monsunarti-gen Regenschauers versinkt und der Sultan einen Freuden-tanz mit Janne vorführt, erscheint über meinem Menü die erhoffte Nachicht:

Level geschafft, Glückwunsch!

32. BLACKOUT

er Highsore sieht derzeit so aus:

1-Zeus

2-Bob

3-Amaterasu

4-Ra

5-Chacsi

6-Alla

7-Gott

8-Jave

9-Budda

10-Odin

Wir müssen also nur noch zwei Level schaffen um Bob und Renate aufzuhalten. Da das Spiel sich als realer herausgestellt hat als ich zunächst angenommen hatte, drängt natürlich die Zeit. Chacsi und ich sind uns einig, dass nichts Gutes dabei herauskommen kann, wenn wir unsere beiden Gegenspieler einfach so weitermachen lassen. Sie scheinen entweder nicht zu wissen das das Spiel reale Konsequenzen hat oder aber was noch schlimmer wäre, sie nehmen es in Kauf und wollen tatsächlich die Welt wie ich sie kenne dem Erdboden gleichmachen. Wie dem auch sei, es wird Zeit, das ich Chacsi sage wie wir an die Informationen aus dem Internet kommen.

„Hör mal", beginne ich während Sie einen Kakao den der Hausservice des Kanzleramtes für uns gebracht hat schlürft, „da wäre noch die Sache mit dem Internet und den Infos."

Die Bundeskanzlerin sieht mich verführerisch über ihre Tasse weg an. „Ja?", fragt Sie.

„Also, Janne meinte das, äh, also es ist so das, äh, wie erklär ich das jetzt am besten?", stammele ich hilflos.

„Also gibt es eine Möglichkeit uns einen Vorteil zu verschaffen und diese Wahnsinnigen aus meinem geliebten Bayern aufzuhalten, oder nicht?", kommt Chacsi zum Punkt.

„Im Prinzip ja, aber es ist nicht ganz ohne", gestehe ich verlegen.

„Raus damit! Was müssen wir machen, um die Infos aus dem Internet zu bekommen?" Sie klingt auf einmal sehr bestimmt, so ganz anders als ich mich fühle.

Wie Pudding treiben mich meine Gedanken von einem Fetzen zum anderen.

„Wir müssen uns", ich bekomm`s nicht raus, Scheiße!

„Was müssen wir?", bleibt sie vollkommen gelassen. Wo nimmt sie nur diese Coolness her?

„Na ja, also erstmal muss Janne sich mit deinem Internetanschluss verbinden", beginne ich die oberpeinliche Erklärung.

Chacsi wedelt über ihren Touchscreen, „erledigt, und weiter?"

Mein Hals fühlt sich an wie ein Maoam. „Dann müsstest du mal kurz herkommen", sage ich und deute auf das Sofa neben mich.

Sie kommt tatsächlich, ohne eine weitere Frage zu stellen. Moment, warum sieht sie von nahem genau so nervös aus wie ich mich fühle?

„Und", ihre Stimme! Ist mir noch nie Aufgefallen wie samtig sie klingt! „Was kommt jetzt?"

„USB", nuschele ich rot wie eine Sowjetfahne.

„Was?", fragt sie.

Ach scheiß drauf, mehr als Eine fangen kann ich mir ja doch nicht.

Blitzschnell ziehe ich sie zu mir herab und küsse sie auf den Mund, Boa! Wie geil ist das denn!? Ich hatte ja keine Ahnung wie gut...

„Warum hörst du auf?", fragt mich Chacsi mit verträumter Stimme.

Ich begreife nicht was gerade passiert ist. Ich begreife überhaupt nichts mehr! Mann, das war der Hammer, viel besser als mit Susi! Viel besser als irgendwas das ich je...

„Komm mit!", befielt mir diese Wahnsinnsfrau und lotst mich in einen kleinen Raum der hinter ihrem Schreibtisch über eine Geheimtür erreichbar ist. Ein riesiges Himmelbett und alles in Weiß, so muss der Olymp aussehen.

„Worauf wartest du? Mach weiter!", säuselt sie mir verspielt ins Ohr.

Wenn ich noch den Eierbecher aus Wien hätte, der wäre bestimmt nicht so eng!

Sie zieht sich aus! Scheiße ja! Sie zieht sich aus und-

„Kommst du langsam mal wieder in die Gänge?", fragt mich Chacsis Stimme von weit weg.

Ich schrecke auf dem Sofa hoch: „Was … ist passiert?", lalle ich benommen.

„Du bist umgekippt als wir", Sie wird rot! Niedlich! „Naja, egal, jedenfalls haben Janne und ich das *Ra* Level geschafft während du weggetreten warst."

„Hä?", frage ich.

„Jetzt stell dich nicht so an, immerhin hast du mindestens vier Stunden geschlafen." Sie lächelt mich an. Mich! lächelt sie an! Mich!

„Und wie war`s?", keuche ich vor Benommenheit.

„Im Grunde ganz einfach, dank der Informationen aus dem Internet. Wir mussten ein paar Container in der Wüste so hinstellen das sie in ein Muster passen das von einem bärtigen Typen vorgegeben wurde, alles kein Problem", sagt Sie locker dahin.

„Moment!? Was für ein bärtiger Typ?", ist das einzige was mir einfällt.

„Wie hieß er noch gleich", Chacsi wischt auf ihrem Handy herum und scheint mit Janne zu texten, „Osama, Osama bin Laden"

Ich will erneut in Ohnmacht fallen, doch Chacsi fängt mich auf. Roch sie schon immer so gut?

„Und was habt ihr für Container verrücken müssen?", frage ich völlig verdattert.

„Keine Ahnung, er meinte nur das es zwar nicht ok wäre, wenn Frauen diese Arbeit machen, aber der CIA sei es egal", verkündet die Bundeskanzlerin.

„Also habt ihr mitten in der Wüste für Osama bin Laden Blöcke durch die Gegend geschoben?", frage ich.

„Ja", erwidert Sie knapp.

„Und wozu?", harke ich nach.

„Er meinte, dass einer seiner alten Freunde ihm gesagt hat, das die Bösen mit einem Satelliten genau auf diese Stelle kucken würden und damit wolle er sie reinlegen", verkündet sie schelmisch lachend.

Mir geht ein Licht auf, was bemerkenswert in meinem Zustand ist: „Also habt ihr den Amis die Bilder geliefert die sie als Rechtfertigung für den Irakeinmarsch gebraucht haben!?"

„Hups! Jetzt wo du`s erwähnst, kam mir gleich so komisch vor das sie die Container auf Rollen geladen haben und alles schnell wieder abbaubar machen wollten!", erschrickt Chacsi.

„Und ich bin mal der Böse gewesen!", stöhne ich. Meine eigene Hand versetzt mir einen Schlag an die Stirn.

33. SWINGENDE. KLINGENDE AUFHOLJAGD

Nur noch Amaterasu und dann haben wir Bob und Renate eingeholt. Chacsis und Jannes Aussetzer mit den Terroristen lässt zwar einen bitteren Nachgeschmack zurück, aber immerhin haben sie die Zeit sinnvoll genutzt die ich weggetreten war.

Wir haben uns noch drei Mal geküsst bevor wir das nächste Level angehen. Ich falle sogar nicht mehr um! Dafür wird mein Magen voll kribbelig und ich sehe Sterne, wenn wir die Infos aus dem Internet *herunterladen*.

Ich: *Janne? Gibt es schon neue Infos zum nächsten Level?*

Janne: *Ja, wieder ein Bonus, aber mehr habe ich nicht rausbekommen.*

Ich: *Also werde ich Chacsi besser noch Mal bitten mit mir ins Internet zu gehen, nur für alle Fälle!*

Janne: *Perversling!*

Ich: *Hey! Du hast mich doch auf die Idee gebracht!*

Nach diesem kurzen Intermezzo mit Chacsis Avatar starten wir auch schon zum nächsten Level, hoffentlich geht das gut!

Etwas ist anders an diesem Level als an den vorherigen. „Ziemlich klein oder?", frage ich in die dämmrige Stille des kleinen Raumes hinein.

„Seht doch", ruft Janne erschrocken, „Dämonen!"

Sie deutet auf die Wände des winzigen Zimmers, Schemenhaft lassen sich Figuren in absurdesten Formen erkennen. Alle scheinen riesige Augen zu haben.

„Wenn das hier ein Bonuslevel sein soll, dann finde ich es schon irgendwie eintönig, so ganz ohne Licht", beschwert sich Chacsi.

Gerade als sie das Wort *Licht* ausspricht, geht selbiges an. Ich gucke ziemlich dumm, als ich realisiere, wo wir uns befinden. Der Raum ist keine zehn Quadratmeter groß. Was Janne für Dämonen gehalten hat, sind in Wahrheit Poster von Manga Figuren. Einzig eine Stelle an der Wand wird von einem riesigen, schwarzen Rechteck dominiert. Ein Flachbildschirm schätz ich mal. Gegenüber von dem Ding steht eine superflache Couch mit einem noch kleineren Tisch davor. Reflexartig setzen Chacsi und ich uns. Ihre Hand streift meine, warum zittere ich so?

Auf dem Couchtisch liegen drei Mikrofone, und schlagartig wird mir bewusst, was Phase ist. Zeitgleich mit Chacsi stöhne ich laut auf:

„KARAOKE!"

„Was ist denn das?", fragt Janne verwirrt.

„Du musst ein Lied mit einem von diesen Dingern", ich deute auf die drei Mikrofone vor uns auf dem Tisch, „so genau wie möglich nachsingen. Wenn du deine Sache gut machst, gewinnst du, wenn nicht, tja das kannst du dir selber ausmalen."

„Aber wie viele Songs müssen wir machen und was für welche?", wispert Chacsi ängstlich und schmiegt sich an mich. Muss sich das so geil anfühlen?

Wie auf Kommando erwacht der Bildschirm uns gegenüber zum Leben:

3 Runden, 3 Songs, 3 Player

Damit ist die Sache klar, auf dem Monitor scrollt jetzt eine riesige Anzahl von Liedern links und rechts an uns vorbei.

„Toll, und wie machen wir das jetzt? Ich kann nicht singen!", sagt Chacsi resigniert.

„Ich auch nicht", springe ich Ihr bei und kuschele mich unauffällig ein wenig näher an sie ran.

„Also Mama hat immer gesagt ich kann eigentlich ganz gut singen", wirft sich Janne in die Brust.

„Dann vielleicht ein französisches Lied?", erkundige ich mich fragend.

„Gerne", sagt die Gepanzerte.

Chacsi hat eines der Mikrofone genommen und wedelt damit in der Luft rum, scheinbar hat sie den Dreh raus, denn die Songs werden jetzt langsamer gezeigt, so das man sehen kann um was es geht.

„Das dürfte einfach sein, da musst du nur mit dem Chor mitsingen!", ruft sie freudig und drückt Janne das Mikro in die Hand. Die steht verdutzt da, während die ersten Töne des Liedes den kleinen Raum in eine feierliche Stimmung mit martialischem Unterton tauchen. Auf dem Bildschirm erscheinen die ersten Zeilen des Liedtextes und

Janne wirft sich in die Brust bevor sie beginnt völlig schief und keinen Ton treffend mitzusingen:

Allons enfants de la Patrie
Le jour de gloire est arrivé
Contre nous de la tyrannie
L'étendard sanglant est levé

L'étendard sanglant est levé

Entendez vous dans les campagnes
Mugir ces féroces soldats
Ils viennent jusque dans vos bras,
Egorger vos fils, vos compagnes

Aux armes citoyens! Formez vos bataillons!
Marchons, marchons,
Qu'un sang impur abreuve nos sillons...

So falsch es klingt, macht es doch Eindruck wie gut Janne die Worte rausbekommt. Ich glaube es ist von Vorteil Französin zu sein, wenn man schon die Marseillaise mittrellern muss.

Als das Lied zu Ende ist, steht Janne der Schweiß auf der Stirn, aber sie ist gut drauf. Offenbar entspricht der doch recht blutrünstige Text der französischen Nationalhymne ihrer Ansicht von einem guten Lied.

„Jetzt ihr!", lacht sie und gibt die Sicht auf den Monitor frei, da steht:

Nicht schlecht, aber auch nicht wirklich gut. 30/100

Damit ist klar dass wir mir den nächsten zwei Liedern siebzig Punkte machen müssen, oder das Level ist verloren. Klasse! Ich kann nicht singen!

„Und jetzt?", frage ich Chacsi, „du oder ich?"

„Lass mich mal machen, vielleicht gibt's hier einen Song den sogar ich schaffe" sagt sie und beginnt mit dem zweiten Mikro auf dem Bildschirm zu suchen. Nach fünf Minuten hat Sie scheinbar ein passendes Lied gefunden, und wieder erfüllt Musik das kleine Kabuff in dem wir hocken:

OBIE TRICE, REAL NAME NO GIMMICKS
TWO TRAILER PARK GIRLS GO ROUND THE OUTSIDE
ROUND THE OUTSIDE, ROUND THE OUTSIDE
TWO TRAILER PARK GIRLS GO ROUND THE OUTSIDE
ROUND THE OUTSIDE, ROUND THE OUTSIDE
GUESS WHO'S BACK
BACK AGAIN
SHADY'S BACK
TELL A FRIEND
GUESS WHO'S BACK, GUESS WHO'S BACK
GUESS WHO'S BACK, GUESS WHO'S BACK
GUESS WHO'S BACK, GUESS WHO'S BACK
GUESS WHO'S BACK

I'VE CREATED A MONSTER
'CAUSE NOBODY WANTS TO SEE MARSHALL NO
MORE
THEY WANT SHADY, I'M CHOPPED LIVER
WELL IF YOU WANT SHADY, THIS IS WHAT I'LL GIVE
YOU
A LITTLE BIT OF WEED MIXED WITH SOME HARD LI-
QUOR
SOME VODKA THAT'LL JUMP START MY HEART QUI-
CKER
THAN A SHOCK WHEN I GET SHOCKED AT THE ...

Ok, das hätte ich nun nicht erwartet, Chacsi kann mit Hip-Hop was anfangen. Eminem! Wieso bin ich nicht selber draufgekommen?! Was könnte einfacher sein, wenn man nicht singen kann, als zu rappen?

Mit den letzten Tönen von „Without Me" lässt sich Chacsi erschöpft zurück in die Couch fallen.

„So, wollen wir doch mal sehen, ob es was genützt hat", sagt sie und starrt gebannt auf den Monitor, wobei sie meine Hand fest drückt. Habe ich mich jemals so gut gefühlt und gleichzeitig so viel Bammel gehabt wie in diesem Augenblick? Der Punktestand wird erneut angezeigt, Sie hat voll abgesahnt:

Saubere Sache, nur kleine Fehler in der Aussprache. 70/100

Sie hat vierzig Punkte kassiert? Abgefahren. Das heißt ich muss versuchen wenigstens so schlecht wie Janne zu singen, dann haben wir das Level geschafft! Aber halt, was soll ich denn singen? Und wie? Und überhaupt, warum ist es hier so heiß?

„Keine Sorge, du schaffst das schon! Wenn ich es hinbekommen hab, dann du doch wohl erst recht!", macht Chacsi mir Mut.

Da kommt mir eine Idee: „Janne! Funktioniert hier drin eigentlich der Internetanschluss?"

„Ja, wieso?", fragt mich der Avatar misstrauisch.

„Dann leg uns mal ne Leitung zu YouTube! Dort sind doch so gut wie alle Songs die es gibt! Wir versuchen einfach einen zu finden den dieser Kasten hier auch hat und singen dann mit dem gleichen Text perfekt nach!", jubele ich in Gedanken an den Kuss, den ich Chacsi dafür abluchsen kann.

„Hältst du das für sonderlich fair?", fragt mich Janne mit hochgezogener Augenbraue.

„Nein, aber ich kann weder singen noch annähernd so viel Text behalten, also komm schon!", dränge ich Sie.

„Wenn du meinst, aber such vorher nach dem Lied. Ich glaube nicht das wir sonderlich viel Zeit zum Überlegen bekommen", gibt die gepanzerte Maid zu bedenken, und schüttelt den Kopf als ich mich auf Chacsi stürze. Oder Sie sich auf mich, genau weiß ich das dank meinem mittlerweile chronischen Hormonstau gar nicht zu sagen.

Nach einem wie ich finde viel zu kurzem Kuss, hatte ich den kompletten Songtext von *Benjamin Blümchen* im Kopf, YouTube sei Dank! Das Lied ist für Kinder geschrieben worden, also denke ich das es Minimum für die dreißig fehlenden Punkte reichen sollte.

Ich scrolle im Menü entlang auf der Suche nach dem Lied und bin schon ziemlich siegessicher, da! Da ist es, so nur noch auf *OK* drücken und...

Scheiße! Was ist das den jetzt?!?

„Ich dachte du wolltest Benjamin Blümchen singen?", fragt Chacsi erschrocken als sie sieht was dieser verdammte Monitor anzeigt, das ich singen soll:

Tsumasaki – Ore Ska Band

„Ich hab doch gar nichts gedrückt?!", erschrecke ich als das Lied auch schon beginnt, ein kleiner Bonus: wenigstens wird es nicht in japanischen Schriftzeichen angezeigt!

Ma-
nikyua nutta gohon yubi wo kika-
zatta
Soshite ka-
gayaita no wa nanto jibun jis-
hin datta
Kannou to wa kingyo no you mata so
re wo
Koe totorou kaeranai oto nado nai

Nobiteiku heikousen ton-
ari wa kurikaeshi
Bikasare rekka sareru rashii
Kagi no kakatta sono saki no ash-
imoto ni
Hirogatte iku kyori wa te de tsuna-
geru soshite kyou mo

Kimi no wake no wakannai yo-
komoji wo
Hidari de nankai mo nazotteru...

Ich denke nicht das es jemals einen schlechteren Versuch gegeben hat dieses Level zu schaffen. Die Melodie ist so schnell das ich mich bei jedem zweiten Wort verhaspele und nicht mal ansatzweise eine Ahnung habe, was ich da überhaupt mache. Janne amüsiert sich prächtig. Chacsi sieht mir Mitleidig zu wie ich versuche die letzten Zeilen herunterzustammeln.

„Tja, dass war`s denke ich. Wenn ich mir selber Punkte dafür geben müsste, würd ich sogar noch welche abziehen!". Verzweifelt klammere ich mich an Chacsi und warte auf das Ergebnis des Fiaskos:

Du solltest dringend einen Ohrenarzt aufsuchen! 71/100

„Wir haben verloren?", sagt Chacsi ängstlich.

„Scheint wohl so", ich sehe ihr tief in die Augen, „Tut mir leid. Ich kann so was einfach nicht!"

„Da kommt noch was!", warnt uns Janne.

Und Tatsächlich, auf dem Bildschirm prangt eine weitere Zeile:

Es fehlen noch 29 Punkte, also machen wir eine Extrarunde!

„Was soll das denn jetzt werden?", wundert sich die wunderschöne Frau in meinen Armen.

„Langsam glaube ich das dieses Level nur darauf angelegt ist das die Leute sich zum Affen machen!", grolle ich böse vor mich hin.

Doch der nächste Song der Angezeigt wird, entflammt bei uns die Hoffnung auf den Sieg erneut:

Nancy und Fank Sinatra – Something Stupid

„Ein Duett! Los das schaffen wir zusammen!", Chacsi hechtet auf mich zu, und wir küssen uns bis ich Frank und sie Nancy ist. Der Song wird ein Kinderspiel!

I know I stand in line
Until you think you have the time
To spend an evening with me

And if we go some place to dance
I know that there's a chance
You won't be leaving with me

And afterwards we drop into a quiet little place

And have a drink or two
And then I go and spoil it all
By saying something stupid
Like: "I love you"

I can see it in your eyes
That you still despise the same old lines
You heard the night before

And though it's just a line to you
For me it's true
It never seemed so right before

I practice everyday
To find some clever lines to say
To make the meaning come true...

Yea! Über dreihundert Punkte, damit haben wir das Level geschafft! Janne und Chacsi jubeln. Ich wünschte, wir könnten noch den ein oder anderen Songtext aus YouTube *herunterladen.*

34. DAS ENDE NAHT!

Nach dem Erfolg im Amerterasu Level, sitzen wir wieder zu zweit auf der Couch im Bundeskanzleramt. Über den morgigen Tag haben wir noch nicht wirklich gesprochen, denn im Moment sind Chacsi und ich damit beschäftigt das halbe Internet in unsere Schädel zu laden. Ich wusste schon immer, dass es ohne Internetanschluss einfach kein richtiges Leben ist, dass sich diese These auf derart analoge Weise erfüllen soll, ist mir nur Recht.

Am nächsten Morgen stehen wir zusammen über den gigantischen Schreibtisch des Bundeskanzlers gebeugt, und beraten mit Janne wie wir Bob und Renate entgegengehen wollen:

Wir: *Hat sich irgendwas an dem Level geändert?*

Janne: *Nur eine Sache, statt ihm sitzt nun diese widerliche Frau mit Bob zusammen hinter dem Wall an der Küste.*

Wir: *Und können wir nichts tun um unsere Chancen zu verbessern? Ich meine immerhin haben wir alle das Level schon mal gesehen. Und den Konstrukteur haben wir sogar hier!*

Janne: *Ich sag es nur ungern, aber ich wüsste nicht wie wir das schaffen können. In der Beziehung hat Bob Recht gehabt, das Level ist brutal gut gemacht.*

Wir: *Sag mal, hast du Zugriff auf die Rundensteuerung der Alliierten?*

Janne: *Lasst mich kurz nachsehen...*

Wir: *Und??*

Janne: *Hetzt mich nicht!*

Wir: *Dauert das wirklich so lange?*

Janne: *Wenn`s euch nicht passt dann macht`s doch selber!*

Wir: *Schon gut, wir warten.*

Gerade als ich vorschlagen will die Wartezeit mit ein wenig Internetrecherche zu verkürzen, bimmelt Chacsis Handy wie wild.

Janne: *Gefunden! Ihr hattet Recht, scheinbar kann man die Voreinstellungen des Rundenmodus verändern.*

Wir: *Könnte es nicht auch eine Falle sein? Immerhin sind die beiden gerissen!*

Janne: *Wenn es eine Falle wäre, dann hätte sie Bobs alter Meister eingebaut, ohne den ursprünglichen Ersteller eines Levels kann man keine Änderungen daran vornehmen.*

Wir: *Also können wir die Startrunde vorher für uns bearbeiten?*

Janne: *Ja, und nicht nur das, die Steuerung lässt es zu, dass man sogar am generellen Setting herumbastelt!*

Chacsi sieht mich fragend an: „Warum baust du denn so einen Level? Oder hast du schon geahnt, dass wir ihn eines Tages mal stürmen werden müssen?"

Ich zucke mit den Schultern: „Es war eher eine Art Zufall. Ich saß im Auto und das Handy hat verrückt gespielt. Ehe ich mich umgeguckt hatte, war das Level auch schon fertig."

Janne: *Also was für Änderungen wollt ihr haben? Aber Vorsicht, alles was wir machen könnte dem Feind verraten werden!*

Wir: *Da gibt es schon das ein oder andere dass wir für einen Sieg auffahren könnten.*

Also schreiben wir Janne eine lange Liste mit Veränderungen an eigentlich meinem Level. Keine Ahnung, was danach passieren wird, aber ich werde froh sein, wenn dieser ganze Mist ein Ende hat und ich mit Chacsi andere Spiele spielen kann.

Wir stehen auf der Brücke eines Schiffes das im nebligen Morgengrauen vor der Küste der Normandie herumschippert. Janne und Chacsi tragen Uniformen, Mann sieht die Bundeskanzlerin heiß in dem Teil aus. Ich sollte mich nicht ablenken lassen. Immerhin geht es hier um alles oder nichts.

„Hast du alles besorgt, was wir dir geschrieben haben?", frage ich Janne, die ernst nickt.

„Dann lasst es uns angehen, soweit ich weiß, haben wir den ersten Zug." Und damit beginnt die Schlacht gegen die zwei Verräter hinter dem Wall.

Glücklicherweise können wir auf ein Arsenal zurückgreifen, dass so gar nicht in diese Zeit passt. B-2 Bomber, F-22 Raptors und Lenkwaffenzerstörer der neusten Bauart sind nur ein kleiner Teil unserer Wunschliste. Für die erste Runde haben wir ein riesiges Kontingent an Schiffen und Flugzeugen aufgefahren. Bob und Renate werden blöd aus der Wäsche gucken, wenn sie sehen wie ihr schöner Atlantikwall in Flammen aufgeht.

Eine Stunde Später ist die Sache klar: Wir sind am Arsch!

35. WAS CHACSI DENKT

Eigentlich dachte ich immer das es nicht schlimmer kommen kann als beim ersten Versuch dieses Level zu stürmen. Doch irgendwie scheint es noch vertrackter geworden zu sein. Eine Stunde lang flogen Tonnen von Sprengstoff über den Horizont und haben ihre zerstörerische Wirkung auf die Stellungen am Strand niedergehen lassen. Doch offenbar haben wir zu hoch gepokert.

Wenn ich mich nur konzentrieren könnte, aber seit er mich geküsst hat, ist alles irgendwie-

Ich weiß nicht, verschwommen. Keine Ahnung warum ich auf einmal so durch den Wind bin. Klar ich kenne Ihn ja schon seit wir uns das erste Mal im Osten gesehen haben, aber, aber, ach verdammt, ich weiß auch nicht, was mit mir los ist. Er ist so, so anders als ich immer gedacht habe.

Konzentration Chacsi! Streng dich an, sonst gewinnen die da drüben noch! Das darf einfach nicht passieren! Ich will doch helfen und vielleicht irgendwann mit Ihm... verdammt, verdammt, verdammt! Ich bekomme den Kopf einfach nicht frei!

36. WAS JANNE DENKT

Sie sieht geschockt aus. Kein Wunder, die Meisterin hat ja auch allen Grund dazu. Imerhin ist er dabei, dass gibt ihr Halt. Fragt sich nur wie lange sie brauchen um die Situation zu regeln. Mir fällt jedenfalls nichts mehr ein.

37. WAS RENATE DENKT

Kommt doch ihr beschissenen Amischweine! Ich werd`s euch zeigen ihr bekloppten Säcke!

38. WAS BOB DENKT

Scheiße! Wie konnte ich das nur übersehen!

39. WAS ICH DENKE

ja, das Bombardement war ein voller Fehlschlag. Keine Ahnung wie wir das überstehen sollen. Wenn ich daran denke, was alles da hinter dem Wall noch lauert, wenn es doch nur eine Möglichkeit gäbe Renate und Bobs Vorteil ein wenig abzuschwächen, dann könnten wir bestimmt gewinnen!

40. LETZTE RUNDE

Mehr als die Hälfte unserer Armee ist auf dem Meeresboden gesunken. Wir haben die Verteidigung krass unterschätzt! Janne und Chacsi funken alle an die sich noch über Wasser halten können. Ich hätte nie gedacht das man mit Messerschmidts und was weiß ich noch alles aus dem Arsenal der Nazis eine moderne Flotte besiegen könnte. Aber es ist nun Mal so. Wir müssen also auf Plan B ausweichen.

„Chacsi sag allen wir ballern auf gut Glück hinter den Wall. Vielleicht treffen wir die beiden ja durch Zufall!", rufe ich zur Funker Kabine hinüber.

„Geht klar, aber glaubst du echt das wir so einen Bammel haben? Und was ist mit den Schiffen die gesunken sind? Wir haben immer noch nicht rausbekommen, wie sie das gemacht haben!", ruft die schönste Marineoffizierin der Welt zurück.

„Janne!", brülle ich nach dem Avatar, „lass die Leute nach U-Booten suchen. Ich denke das war der Hauptfehler warum sie uns so stark getroffen haben!"

„Geht klar!", ruft sie zurück und verschwindet von der Brücke des Schiffes.

„Was machen wir also um die nächste Runde zu überstehen?", fragt Chacsi mich.

Ich sehe ihr fest ins Gesicht, Gott was ist sie doch, nein nicht ablenken lassen! „Ich würde sagen, wir versuchen es mit unserem Plan B, wenn der nicht funktioniert können wir nur noch eins ausprobieren."

„Und das wäre?", fragt Sie mich.

„Den *Reset* Button drücken", erkläre ich Ihr.

„*Reset* Button?", sieht Sie mich eindringlich fragend an.

Ich deute in die Luft vor mir: „Bob hat eine scheinbar echt wichtige Funktion nicht auf dem Schirm. Ich habe über mein Menü immer noch die Möglichkeit das ganze Level zurückzusetzen, auch wenn ich nicht weiß, was dann passiert."

Chacsi nickt und gibt wieder Befehle an unsere Flotte durch, hinter den Wall zu schießen.

Also ich habe keine große Hoffnung, das unser Plan funktioniert, zumal wir nur noch ein paar Minuten haben bevor wir die Runde wieder an Bob und Renate geben müssen. Doch ich will nicht kampflos aufgeben. Wenn es sein muss, setze ich das Level einfach zurück auch wenn ich keine Ahnung habe was dann passiert.

„Die U-Boote sind alle getroffen und sinken! Es sind ganz schön viele!", ruft Janne als sie mit Sturmschritt auf die Brücke zurückkehrt.

„Gut", erwidere ich, „dann lasst uns zusehen, das wir ihnen ordentlich saures geben!", und genau das versuchen wir auch eine viertel Stunde lang, bis es Zeit wird die Runde abzugeben.

Die Antwort auf unseren Plan folgt auf dem Fuß. Bob und Renate lassen den Himmel auf uns herabstürzen, es ist so laut, das ich nicht mal Chacsis Rufe nach mir höre. Sie kommt über das schwankende Deck auf mich zugeschlittert, und versucht mir was zu sagen. Ich kann Sie aber nicht hören.

Als auch dieses Martyrium sein Ende findet, haben wir von unserer Flotte nur noch den schwer beschädigten Kahn auf dem wir sitzen. Alle anderen sind weg.

„*Reset* Button?", frage ich in die Runde.

„Ja", erwidert Chacsi.

„Was für ein Ding?", fragt Janne. Ihre Herrin erläutert es ihr kurz, danach sagt sie ebenfalls: „Ja."

Ich öffne das Menüfenster, und wähle den *Reset* Button aus. Eine Nachricht taucht auf:

Wollen sie das Level wirklich zurücksetzen?

Ja   *Nein*

Ich drücke auf *Ja* und warte was passiert.

Wieder befinden wir uns im Nebel vor der Küste der Normandie. Doch diesmal kreisen keine Messerschmidts oder andere deutsche Höllenmaschinen um uns herum.

„Scheint so als wäre es jetzt wieder die normale Version der Landung in der Normandie oder?", fragt mich Chacsi.

„Scheint so", sage ich, und der Tag nimmt seinen Lauf.

Wir haben gesiegt, doch in Anbetracht der Tatsache das alles was wir verändert haben sich in der Geschichte dauerhaft einnisten wird, und ich an die vielen Menschen denke, die ich in den Tod geschickt habe obwohl ich es hätte besser machen können, wird mir schlecht.

Als wir am Ende des Tages über den *originalen* Bunkeranlagen stehen und unseren Soldaten beim Abtransport der wenigen Gefangenen zusehen, erblicke ich zwei vertraute Gestalten:

„Bob! Renate! Was habt ihr euch eigentlich dabei gedacht?", blaffe ich die beiden Verlierer an.

„Was schon?!", knurrt Renate zurück, „du warst doch ohnehin viel zu weich für den Job! Also haben dein kleiner Freund und ich mal ordentlich auf den Putz gehauen!". Sie lacht wie wahnsinnig.

„Und du?", wende ich mich an meinen Avatar.

Der zuckt die Schultern die immer noch in der Generalsuniform stecken: „Ich hatte schon lange nicht mehr so viel Spaß um ehrlich zu sein. Nach all den Jahrhunderten der Langeweile, war es eine echte Abwechslung! Vielleicht sieht man sich ja mal bei Gelegenheit wieder."

Ich überlege kurz: „Was meinst du mit Jahrhunderten?"

„Hast du es etwa noch immer nicht begriffen? Alle Spieler sind das was ihr Menschen Götter nennt! Sie alle haben das Spiel gespielt und dabei versucht ihren eigenen Legenden Nahrung zu geben. Zugegeben bei den meisten hat es nie für mehr als ein paar Achtungserfolge gereicht, aber bei dir war ich mir so sicher, dass du es schaffen würdest endlich mal wieder einen Bösen an die Spitze zu bringen. Aber wie dem auch sei, ihr habt gewonnen und wir verloren", gesteht Bob leicht hin.

„Also wusstest du die ganze Zeit, dass das Spiel mit Menschenleben bezahlt werden muss?", wirft Chacsi ein.

Bob kichert wie blöde: „Und wenn schon? Die Wünsche machen euch doch zu einer Ausnahme in eurem langweiligen Dasein oder? Warum freut ihr euch nicht und genießt es, bis ein anderer Spieler euch schlägt. Und glaubt mir, ein anderer Spieler wird kommen, es gibt immer einen!"

„Diesmal nicht!", ruft Janne und hebt ihre Waffe die sie am Gurt getragen hat. „Ich werde dafür sorgen das es nie wieder zu so etwas kommt!"

„Und eine Eisenbraut wie du glaubt, dass sie dem Spiel wiederstehen kann? Das ich nicht lache du…", der Rest des Satzes geht im Knall von Jannes Pistole unter.

„Warum hast du das gemacht?", schreie ich Sie an.

„Weil er`s verdient hat, und jetzt schlage ich vor, das ihr zurückgeht und dafür sorgt das dieses Spiel nie wieder in die falschen Hände gelangt!", plötzlich ist Janne ganz ernst.

„In Ordnung, aber eines musst du mir versprechen", beginne ich meine Forderung vorzutragen, „Chacsi und ich können unser Leben weiterleben ohne das wir je wieder von diesem irren Spiel aufgegabelt werden!"

„Einverstanden, vergrabt das Handy und macht euch keine Sorgen über das was in Neuschwanstein liegt. Die Bösen haben verloren und ab jetzt gibt es nur noch das was auf dem Telefon der Meisterin gespeichert ist." Sagt die nun wieder gerüstete Avatarin als wir uns schon auf dem Rückweg in die Wirklichkeit befinden.

41. WAR DA NICHT NOCH WAS?

Es ist nun mehr als drei Wochen her seit wir in der Normandie gegen Bob und Renate gewonnen haben. Chacsi hat
in ihrer Eigenschaft als Bundeskanzlerin dafür gesorgt das
meine ehemalige beste Freundin in eine Irrenanstalt einge-
wiesen wird. Da sie sowieso die ganze Zeit von den Ereignissen redet, nimmt man ihr die Wahnsinnige prima ab.

Janne liegt nun einen Meter unter dem Rasen des
Kanzleramtes und hat uns zum Abschied noch zwei Wünsche aus den vorhergehenden Spielen gewährt. Ich habe mir
gewünscht, dass alle meine dämlichen Ideen aus der Vergangenheit ungeschehen gemacht werden sollen (Mit Ausnahme der *Kraftsache* die ja doch auch für den Eindruck auf
Chacsi mitverantwortlich ist). Danach bin ich aus dem
Schwabenland zurück nach Hause, nach Brandenburg gezogen. Nur um kurz darauf festzustellen, dass ich beinahe jede
freie Minute in Berlin bei Chacsi verbringe.

Was die Bundeskanzlerin betrifft, so lässt sich sagen,
dass die Welt als Ganzes wieder friedlicher geworden ist.
Ihre zwei Wünsche hat Chacsi ohne mit der Wimper zu zu-
cken darauf verwandt, der Welt den Frieden zu befehlen, ob

sie sich daran halten wird, steht natürlich auf einem anderen Blatt.

„Hast du schon Pläne fürs Wochenende?", frage ich Chacsi, während wir uns auf der Couch im Kanzleramt rekeln (keine Sorge noch haben wir was an!)

„Ich dachte an Pilze suchen?", überrascht sie mich.

„Echt?", ich kann mein Glück kaum fassen, „das würdest du mitmachen wollen?"

„Klar", sagt sie, „aber diesmal ziehe ich Springerstiefel an!"

Lachend erkunden wir unsere Freundschaft ein wenig besser, es ist schön wieder ein ganz normales Leben zu führen.

„Und du hast also wieder einmal verloren?"

Bob zittert.

„Dann solltest du schnell erklären, was diesmal schiefgelaufen ist!"

Bob zittert.

„Nun? Keine Worte du Wurm? Oder haben sie dir diesmal die Zunge rausgeschnitten?"

Bob zittert.

„Na schön, fürs erste will ich es gut sein lassen, aber ich warne dich, sollte ich dir je wieder einen Auftrag erteilen und du vermasselst auch den, wirst du es bereuen!"

Bob zittert.

„Wo ist eigentlich der Wiederpart? Hast du sie nicht mitgebracht?"

Bob zittert.

„Soll das heißen sie ist noch dort?!"

Bob nickt beim Zittern.

„So, so, das haben wir aber auch noch nicht gehabt. Vielleicht ergeben sich daraus noch... Ach was, ich muss nachdenken, weck mich wenn die Zeit reif ist!"

Bob zittert und blickt der riesigen Gestalt nach die durch die Mauern der Hölle verschwindet. *Denk so viel nach wie du willst*, geht es Bob durch den Kopf, *aber mir gehst du schon noch auf den Leim!*

ANMERKUNGEN

Danke an die gute Frau L., beste Hilfe die man sich wünschen kann!

Alle Charaktere, Namen, Handlungen und sonstige Zusammenhänge, sind frei erfunden und haben nichts mit der Wirklichkeit zu tun, glücklicher Weise.

Ansonsten sind alle Songtexte im Buch lediglich meine Transkriptionen der Tatsächlichen Songs. Jegliche Fehler und Missgeschicke, lasten allein auf meinen Schultern.

Toni Suhr, Dezember 2016

Zeitfracht Medien GmbH
Ferdinand-Jühlke-Straße 7
99095 Erfurt, Deutschland
produktsicherheit@kolibri360.de